KB161152

설
혼
인
문
소
설

열하일기 외사

熱 河 日 記   外 史

열하일기 외사

설흔 지음 | 김현경 그림

2015년 5월 18일 초판 1쇄 발행

펴낸이 한철희 | 펴낸곳 돌베개 | 등록 1979년 8월 25일 제406-2003-000018호
주소 (413-756) 경기도 파주시 회동길 77-20 (문발동)
전화 (031) 955-5020 | 팩스 (031) 955-5050
홈페이지 www.dolbegae.com | 전자우편 book@dolbegae.co.kr
블로그 imdol79.blog.me | 트위터 @Dolbegae79

편집 이경아
표지디자인 김동신 | 본문디자인 이은정
마케팅 심찬식·고운성·조원형 | 제작·관리 윤국중·이수민
인쇄·제본 한영문화사

ISBN 978-89-7199-662-1 (03810)
이 도서의 국립중앙도서관 출판시도서목록(CIP)은 e-CIP 홈페이지
(http://www.nl.go.kr/ecip)에서 이용하실 수 있습니다.(CIP제어번호: CIP2015012824)

책값은 뒤표지에 있습니다.

설흔 인문소설

열하일기 외사

熱河日記 　 外史

돌베개

서 문

『열하일기』를 읽는 또 다른 방법

문   『열하일기』를 다룬 훌륭한 책들이 여러 권 나와 있는
데, 왜 또『열하일기』인가?
답   『열하일기』는 '카이카이'(목이 달아난다는 뜻이다.)의
텍스트라는 사실을 주장하기 위해서이다. '카이카이'의 공포에
맞서기 위해, 극도의 심리적 불안을 이겨내기 위해 쓴 글이 바
로『열하일기』라는 뜻이다.

문   『열하일기』를 번역한 김혈조 선생은『열하일기』를 "민
족과 세계의 고전에 값하는 기념비적 저술"이라 소개하고 있
다.『열하일기, 웃음과 역설의 유쾌한 시공간』을 쓴 고미숙 선
생은 "『열하일기』의 웃음을 사방에 전염시키기 위해 글을 썼다"
고 밝혔다. 박지원의 문학에 정통했던 처남 이재성은『열하일
기』에 대해 "공이 자중자애하지 않고 거리낌 없이 해학과 풍자

를 일삼아 진중하지 않은 점은 있다 할지라도"라고 썼다. 카이
카이, 공포, 불안과는 거리가 멀다.

답   그럼에도 나는 '카이카이'의 입장을 버리지 않겠다. 당
신이 인용한 김혈조 선생은, "중요한 점은 독자가 이 시대 현실
에 맞는 주제를 찾아내고 음미할 일이다"라고도 썼다.

문   주장의 근거는 무엇인가?

답   죽마고우인 이희천의 죽음, 연암협에서의 도피 체험
그리고 '호곡장론'을 들고 싶다. 조선에서 죽음의 공포와 불안
에 시달렸던 박지원이 요동벌판에서 어린아이의 울음을 터뜨리
는 장면은 심리적 재탄생에 다름 아니다.

문   처음 듣는 소리다. 당신 말대로 심리적으로 재탄생했
다면 공포, 불안은 해소된 게 아닌가?

답   그건 일시적인 재탄생일 뿐이었다. 잠복해 있던 공포,
불안은 문체반정이 시작된 순간 현실화되었다. 그래서 『열하일
기』를 '카이카이'의 텍스트라 말하는 것이다. 해학, 풍자, 웃음,
역설의 전략은 실은 발버둥이었다고 말하는 것이다.

문   동의하기 힘들다. 아무튼 읽을 만한 글인가?

답   술술 잘 읽히는 글은 아니다. 눈이 끝도 없이 내리는
날, 눈을 가늘게 뜨고 먼 산을 바라보는 느낌과 비슷할 것이다.
카이카이니 뭐니 떠들어댔지만 실은 모호한 글이라는 뜻이다.

문   더 할 말은 없는가?

답   있다. 김혈조 선생의 『열하일기』, 박희병 선생의 『연암을 읽는다』, 『연암과 선귤당의 대화』, 강명관 선생의 『공안파와 조선후기 한문학』, 안대회 선생의 『조선후기 소품문의 실체』, 김명호 선생의 『열하일기 연구』가 없었다면 이 글은 아예 쓸 수조차 없었을 것이다. 감사하고 또 감사드린다. 수많은 인용을 통해 박지원은 새로운 글을 창조했지만 내겐 그런 능력이 없었음도 미리 고백한다. 한 가지 더. 무엇보다도 돌베개 출판사에게 고마움을 표하고 싶다. 돌베개가 아니었다면 이 글을 쓸 엄두도 내지 못했을 것이다.

2015년 봄
설흔

차 례

이 소설은 사실과 허구가 한 공간에 섞여 있다. 본문에서 별색으로 표시한 글은 옛사람의 글을 작가가 직접인용 형식으로 가져온 것으로 해당 글의 출전은 미주에서 밝혔다. 또한 대화의 곳곳에도 옛사람의 글들이 마치 작가의 소설적 구상처럼 쏟아진다.

1장

벗에게서 온 편지

1

한 자가 넘는 눈이 내렸습니다. 추위도 함께 찾아와 가죽옷 없이는 외출도 할 수 없는 지경인데, 선생이 계신 안의현의 상황을 잘 모르니 마음은 안타깝기 그지없습니다. 가뭄의 피해가 크다는 소식을 얼핏 들었는데, 번잡한 정사에 배고픈 백성들마저 구제해야 하는 상황일 테니 몹시 괴로우시리라 그저 짐작만해 봅니다. 어지러운 세상과 어수선한 몽상 속에서도 저는 예전과 다름없는 하루하루를 지내고 있습니다.

문체와 관련된 소식은 이미 접하셨으리라 믿습니다. 저는 명·청의 문체를 배웠다는 이유로 임금님의 꾸지람을 들었고, 죗값으로 돈을 바쳤습니다. 그 돈으로 술과 안주를 마련해 내각에서 북청부사로 부임하는 성대중의 송별연을 치렀습니다. 그는 문체가 순수하고 바르기 때문에 임금님의 은총을 입었습니다. 승지인 이서구와 이덕무, 유득공 등 여러 검서가 모임에 참여했습니다. 규장각이 존재하는 한 대대로 전해질 미담이라 영광스럽고 감격스러워서 알려드리는 것입니다.

어제 경연에서 천신賤臣에게 하교하신 내용이 있습니다. "요즈음 문풍이 이와 같이 된 것은 그 근본을 따져 보면 모두 박지원이라는 자의 죄이니 가히 법망에서 빠져나간 거물이라 할 수 있겠다. 그가 쓴 『열하일기』는 내 이미 익히 보았으니 어찌 감히 속이고 숨길 수 있겠느냐? 『열하일기』가 세상에 유행한 뒤에 문체가 문란하게 되었으니 당연히 그로 하여금 결자해지 또한 하게 해야 한다. 그에게 편지를 써라. 순수하고 바른 글 한 편을 서둘러 써서 『열하일기』의 죗값을 치르도록 하라 일러라. 제대로 된 글이라면 제학提學의 자리를 줘도 아깝지 않을 것이나, 그렇지 않다면 마땅히 중죄를 내릴 것이라는 뜻도 분명히 밝혀라."

이런 임금님의 말씀을 들으면 필시 영광으로 여기는 마음과 송구한 마음이 한꺼번에 뒤섞일 것입니다. 물론 현실적인 어려움은 있으시리라 짐작합니다. '순수하고 바른 글 한 편'이 말처럼 쉽게 지어지는 것은 아니니 말입니다. 그렇다고 유교를 돈독히 하고 문풍을 진작하며 선비들의 취향을 바로잡으시려는 우리 임금님의 고심과 지덕을 모른 체할 수는 없는 일 아니겠습니까? 더군다나 허물을 자책하고 속죄해야 하는 것이 선생의 상황일진대 어려움을 핑계로 잠시라도 늦추는 것은 용납이 되지 않겠지요.

이렇게 하시면 어떻겠습니까? 명·청의 학술을 배척하는 글이나 영남 산수기 같은 것을 '순수하고 바르게' 지어 보내시는 것이지요. 어찌 되었건 두어 달 안에는 올려 보내셔야 하지 않겠습니까?

이것이 제가 편지를 드린 이유입니다. 이만 줄이겠습니다.[1]

한 시절의 벗 남공철이 보낸 편지는 눈과 함께 왔다. 어젯밤까지도 마른하늘이던 까닭에 조금은 의아했다. 편지를 열어 보고서야 그 연유를 알게 되었다. 젊은 벗은 서울에 내린 폭설 소식을 전하는 것으로 편지를 시작했다. 남자는 그 문장을 소리 내어 천천히 읽었다.

"한 자가 넘는 눈이 내렸습니다. 추위도 함께 찾아와 가죽옷 없이는 외출도 할 수 없는 지경인데, 선생이 계신 안의현의 상황을 잘 모르니 마음은 안타깝기 그지없습니다."

처음에는 한 자 넘게 내린 눈이, 그다음으로는 두툼하고 따뜻한 가죽옷이, 마지막으로는 애달프게 그리는 마음이 차례로 다가와 가슴을 두드렸다. 남자는 편지를 내려놓고 손바닥으로 가슴을 문질렀다. 미묘한 통증은 단번에 사라지지 않았다. 가쁜 숨이 평탄해지기까지 시간이 걸리듯 통증도 오랜 시간을 허비해 가며 조금씩 조금씩 소멸되어 갔다. 남자는 편지가 놓인 서안을 잠시 바라보다 지난밤에 마시다 남은 술로 눈길을 돌렸다. 술병을 들어 잔에 따르고는 단번에 들이켰다. 불쾌한 맛이었다. 그래도 마시지 않은 것보다는 나았다. 목구멍을 넘어가는 미지근하면서도 걸쭉한 술은 아직도 미련을 버리지 못하고 목 어딘가에서 서성거리고 있는 통증을 단번에 밀어냈으므로.

남자는 입술을 감쳐문 뒤 자리에서 일어나 문을 반쯤 열었다. 내리다 중간에 멈춰서 있는 착각을 불러일으킬 만큼 눈은 천천히 내렸다. 군소리를 덧붙이기는 했어도 서설은 서설이었다. 가을부터 잔뜩 목말라 있던 땅은 모처럼 내리는 반가운 눈을 정신없이 빨아들이고 있을 터였다. 남자는 서안 앞으로 돌아와 다시 편지를 손에 들었다.

여유롭게 내리는 눈을 본 때문인지 이제 남자는 더 이상 불안과 초조를 느끼지 않았다. 두툼한 눈썹을 자기도 모르게 살짝 들어 올리고 읽기에 몰두한 모습은 평소와 조금도 다르지 않았다. 남자는 가끔씩 허허, 소리 내어 웃기도 했다. 벗이 구사한 따뜻한 단어들 때문일까? 그런 이유도 백에 한둘은 될 것이다. 하지만 그보다는 벗의 편지가 서울에서부터 힘들게 끌고 온 반가운 눈 때문이라고 하는 게 더 적합할 것 같다. 편지를 읽던 남자가 "벗이 몰고 온 눈이라, 꽤 아름다운 인연이로군" 하고 약간은 감상적인 말을 느닷없이 중얼거린 것을 보면.

남자는 자신이 뱉은 낯간지러운 말이 조금은 민망하게 여겨졌는지 입술을 살짝 내민 채로 고개를 돌려 내리는 눈을 다시 한 번 바라보았다. 눈은 여전히 느리게 내렸다. 남자는 안심했다는 듯 고개를 짧게 끄덕였다.

물론 남자는 편지와 눈, 인간과 자연을 그렇듯 자의적으로 연결시키는 게 충분한 근거가 없는 행동이라는 것을 잘 알고 있었다. 기실 자연현상에 대한 남자의 지식은 다른 이들에 비해 상당히 뛰어난 편이었다. 남자는 지구가 둥글고 허공에 걸려 있어 사방이 모나지도 않고 위아래도 없다는 것, 그 지구가 문의 돌쩌귀가 돌아가듯 해서 태양과 처음 마주치는 곳이 아침

14

이 된다는 것, 별은 달보다 크고 태양은 지구보다 크지만 달이 커 보이고 별이 작아 보이는 까닭은 거리의 차이 때문이라는 것, 흔히 말하는 오행은 실제의 자연현상과는 하등 관계가 없다는 것, 요약해 말하자면 보통 사람들은 듣기만 해도 골치 아프다며 절로 고개를 젓는 그 진술들이 거짓 한 점 없는 진실 그 자체라는 것을 분명히 알고 있었다. 그럼에도 남자는 왜 편지와 눈을 그렇듯 막무가내로 연결 지었을까? 그건 바로 그 곱고 따뜻한 단어와 문장 뒤에 이어질 내용을 읽기도 전에 짐작하고 있기 때문이었다. 벗이 쓴 비수 같은 글들이 이내 장막을 제치고 본색을 드러내어 남자의 가슴을 사정없이 후벼놓을 것을 분명히 예감하고 있기 때문이었다. 남자는 앞으로 읽어 나갈 그 고통의 글들이 차마 벗의 진심은 아니라고 믿고 싶었다. 그 믿음을 위해 느릿느릿 들판을 덮어 가는 눈과 벗의 편지를 억지로 연결 지었던 것이다.

요즈음 문풍이 이와 같이 된 것은 그 근본을 따져 보면 모두 박지원이라는 자의 죄이니 가히 법망에서 빠져나간 거물이라 할 수 있겠다. 그가 쓴 『열하일기』는 내 이미 익히 보았으니 어찌 감히 속이고 숨길 수 있겠느냐? 『열하일기』가 세상에 유행한 뒤에 문체가 문란하게 되었으니 당연히 그로 하여금 결자해지 또한 하게 해야 한다. 그에게 편지를 써라. 순수하고 바른 글 한 편을 서둘러 써서 『열하일기』의 죗값을 치르도록 하라 일러라. 제대로 된 글이라면 제학의 자리를 줘도 아깝지 않을 것이나, 그렇지 않다면 마땅히 중죄를 내릴 것이라는 뜻도 분명히 밝혀라.

마음을 다잡은 효과는 컸다. 죄, 법망에서 빠져나간 거물, 세상에 유행한 문체, 결자해지 같은 단호하고 차가운 표현들은 생각만큼 깊게 남자의 마음을 후벼 파지 못했다. 굳이 비유를 하자면 상처딱지를 무심코 긁었다가 갑작스럽게 피를 본 정도의 뜨끔하고 찌릿한 아픔 정도랄까?

남자는 임금의 명을 담은 편지를 조심스럽게 접은 후 봉투에 다시 넣었다. 순간 머릿속 피가 죄다 빠져나가 텅 비어 버린 느낌이 들었다. 어지럼증이 재빨리 다가와 주먹으로 남자의 머리를 한 대 쥐어박고는 재빨리 사라졌다. 순간적인 충격에 머리를 주무른 후 술병을 기울였지만 나오는 건 몇 방울의 술뿐이었다.

남자는 내리는 눈을 보며 생각에 잠겼다. 편지를 받았으니 답장을 쓰는 게 예의일 것이다. 벗이 쓰라는 글, 그러니까 임금이 받고 싶어 하는 순수하고 바른 글도 선물처럼 덧붙이면 금상첨화일 것이다. 그러나 피가 채워지지 않은 남자의 머릿속은 여전히 텅 비어 있어서 무엇을 어떻게 써야 하는 것인지가 하나도 떠오르지 않았다. 붓만 들면 문장이 절로 흘러나와 흘린 듯 종이를 적시곤 하던 남자에게는 드문 일이었다. 물론 드문 일이기는 하나 한 번도 없던 일은 아니었다. 글 쓰는 이들 대개가 그렇겠지만 글이 써지지 않을 때 남자가 사용할 수 있는 방법 역시 하나밖에는 없었다. 글이 스스로 굴을 파고 나올 때까지 기다리는 것. '잠시라도 늦추는 것'이 용납되지 않는 처지이기는 하나 아무리 급하더라도 마음이 담기지도 않은 글을 글이라고 써서 보낼 수는 없었다. 자존심 대신 글을 이마에 붙이고 산 게 남자의 인생이었으므로. 하여 남자는 벗의 요구와는 달리, 잠시 늦추는 길, 그 용납되지 않는 길을 선택하기로 했다. 죄, 죗값, 허물, 속죄 등의 단어가 그럴 수는 없다며 날카로운 손톱을 세우고 파리떼처럼 달려드는 것을 남자는 커다란 손바닥으로 단번에 눌러 버렸다.

좋은 날이었다. 소리도 없는 눈이 한없이 느리게 내리는 날이었다. 오래간만에 들려오는 사람들의 웃음소리가 귓속의 이명처럼 커다랗게 울리는 날이었다. 남자는 아예 눈을 감았다. 비로소 눈이 내리는 소리가 제대로 들렸다. 머나먼 우주에서의 짧은 공명과도 같은 그 현묘한 소리를 도대체 문장으로는 어떻게 표현하면 좋을까? 사마천이었다면? 두보였다면? 이백이었다면? 왕세정, 혹은 원굉도, 혹은 김성탄, 혹은 이덕무였다면? 굵은 목소리 하나가 제 존재를 숨기지도 않고 들판 저쪽에서부터 저벅저벅 걸어오는 소리를 들으며 남자가 고민한 내용이었다. 실상은 별로 고민할 틈도 없었다. 그 굵은 목소리가 눈발을 헤치고 남자 곁에 도달하기까지는 그리 오래 걸리지도 않았으니. 아무렇지도 않게 눈을 털고 자리에 앉은 목소리는 남자에게 슬며시 말을 걸어왔다. "내 이야기 하나 들어 보겠나?"

남자는 눈을 뜨고 고개를 끄덕였다. 어릴 적부터 이야기라면 거절해 본 적이 없었다. 젊은 시절 우울증에 시달리던 남자를 지옥의 문턱에서 구제한 것도, 외로운 이국에서의 밤을 견디게 한 것도 결국은 이야기였으니. 더군다나 남자는 굵은 목소리가 들려줄 이야기가 비록 우주의 공명에는 못 미쳐도 나름꽤 흥미롭다는 것도 잘 알고 있었다. 어찌 그리 잘 아느냐고? 굵은 목소리는 바로 남자의 것이기 때문이다.

2

정 진사, 주 주부, 변군, 박래원, 주부 조학동 등과 투전판을
벌였다. 시간도 보낼 겸 술값도 보탤 겸 시작했으나 몇 차례 내
솜씨를 보더니 더 이상 나를 끼워 주지를 않았다. 가만히 앉아
술이나 먹으라고 하니 "굿이나 보고 떡이나 먹지"라는 속담에
딱 어울리는 격이 되고 말았다. 분통이 터지고 원망스러웠지
만 어찌할 수도 없었다. 가만 생각해 보니 그리 나쁠 것도 없었
다. 누가 따고 잃는지 승패를 감상하면서도 술은 제일 먼저 마
실 수 있으니 그리 해롭지는 않은 일인 것이다. 그때 벽 사이로
부인의 말소리가 들려왔다. 간드러지고 애교 있는 목소리가 꼭
제비와 꾀꼬리가 우는 것 같았다. 정신이 번쩍 들었다. 목소리
로 보건대 주인집 아낙은 필시 절세가인임에 분명하다.[2]

남자는 그 대목에서 잠시 낭독을 멈추고 세상모르는 여유로

운 표정으로 주위를 둘러보았다. 가장 먼저 반응한 이는 역시 박제가였다. 키는 열다섯 소년보다도 작지만 성질 급하기로는 당대 최고인 박제가가 대번 볼멘소리를 냈다. "절세가인을 들 먹여 놓고 거기서 멈추는 이유가 무엇입니까? 그래서 어찌 되 었다는 겁니까?"

박제가 옆의 이덕무는 알 듯 모를 듯한 웃음만 머금고 있었 다. 건너편에 앉아 있던 남공철이 몸을 일으켜 남자의 빈 술잔 을 채웠다. 키도 껑충하고 몸도 호리호리한 것이 이덕무와 닮았 다. 그렇다고 둘을 혼동할 염려는 없었다. 스무 살 가까이 차이 나는 나이 탓이기도 하지만 몸에 밴 귀티와 궁기 탓이 더 크다.

남공철의 길쭉한 팔 사이로 자작하는 박남수의 얼굴이 보였 다. 남공철 못지않게 귀티 나는 얼굴이 언젠가부터 잔뜩 부어 있었다. 주름 좀 펴라고 당장이라도 일갈해 주고 싶었으나 남 자는 그가 무엇 때문에 뿔이 났는지 그 속내를 뻔히 아는 터라 이번만큼은 그냥 넘어가기로 했다.

햇빛처럼 쨍쨍하게 달이 비추는 밤이었다. 바람 소리가 묵 직한 벽오동을 부드럽게 흔드는 밤이었다. 술도 흡족할 정도 로 마신 밤이었다. 달과 바람과 술의 기운의 오묘한 조합 때문 일까, 얼마 전에 초고를 마무리 지은 『열하일기』는 남자 스스로 보기에도 꽤 만족스러웠다. 박남수만 제외한다면 벗들도 글이 가져온 이국 정경의 흥취를 만끽하고 있는 중이었다. 남자의 가슴이 뜨거워졌다. 얼마 전부터 제각각의 생활이 바빠진 탓에 만남이 전보다 뜸했다. 오래간만에 맛보는 것이 분명한 벗들의 작은 기쁨을 깰 생각은 추호도 없었다. 그러기는커녕 반대로 그 기쁨을 극적으로 고조시키고 싶을 뿐이었다. 그것이 낭독을 잠시 멈춘 이유였다. 남자는 박제가의 얼굴이 기다림에 지쳐 일그러지기 직전의 순간을 날카롭게 낚아채 다시 낭독을 시작했다.

담뱃불에 불붙이러 간다는 핑계를 대고 부엌에 들어갔다. 적어도 오십은 족히 넘어 보이는 부인이 창 앞의 걸상에 앉았는데, 얼굴이 아주 험상궂고 못생겼다. 나를 보고는 제비와 꾀꼬리의 목소리로 이렇게 말했다. "아주버님, 복 많이 받으세요."
곧바로 대답했다. "덕분에요. 주인께서도 홍복을 누리세요."
나는 그러고도 곧바로 방으로 들어가지 않았다. 들어가기는 커녕 일부러 오랫동안 재를 뒤적거리면서 부인을 곁눈으로 흘깃흘깃 훔쳐보았다.[3]

실망한 기색이 역력한 박제가가 대번에 볼멘소리를 내뱉었다. "하여간 연옹(연암)은 취향도 특이합니다. 못생겼다면서 곁눈질은 왜 합니까?"
남자의 뻔뻔한 대답이 곧바로 흘러나왔다. "용모에 관한 판단을 내릴 때는 신중해야 하네. 혹시라도 잘못 봤을까 싶어 다시 한 번 확인한 것이지."
박제가는 한숨인지 감탄인지 구분이 안 되는 이상한 소리를 내고는 말을 이었다. "아무튼 용두사미와 지리멸렬이 따로 없습니다. 김을 팍팍 빼는 그건 도대체 어디에서 배워 온 문장 작법이랍니까? 말이 나왔으니 이참에 짚고 넘어가야겠습니다. 『열하일기』를 두고 천하의 기서라고 한 이가 도대체 누구입니까?

화엄의 누대가 별안간 나타나는 것 같다고 침이 마르도록 칭찬을 퍼부어댄 무지몽매한 이가 도대체 누구냔 말입니다."

물론 박제가가 그 말을 한 주인공이 누구인지 모를 리는 없었다. 그럼에도 그는 마치 중죄인을 색출하려는 포도청 부장이라도 되는 것처럼 눈을 부라리며 주위를 둘러보았다. 물소 같은 벗의 날카로운 시선을 견디지 못한 이덕무가 너털웃음을 터뜨리며 손을 앞으로 내밀더니 이렇게 변명을 했다. "미안하네. 내가 그랬네. 하지만 꼭 그 이야기만 한 것은 아닐세. 『열하일기』는 황당하고 망령된 책에 지나지 않는다는 말도 분명히 덧붙였네. 두 귀가 있으면서도 내용의 일부만 알아들었으니 혹 자네 귀에 문제가 있는 건 아닌가?"

얼굴의 붓기를 뺄 생각도 하지 않은 채 오가는 이야기에 귀를 기울이던 박남수가 그 대목에서 갑자기 눈을 반짝이며 끼어들었다. "황당하고 망령된 책이라니 그게 무슨 말씀이신지요?"

느긋하게 흘러가는 분위기와는 사뭇 다른 박남수의 다급한 목소리에 이덕무의 입이 살짝 벌어졌다. 그가 당황했을 때 나타나는 습관이다. 그러나 이덕무는 곧바로 웃음 머금은 얼굴로 돌아가 천천히 답변을 했다. "다른 게 아니고 그저 우스개로 한 이야기일세. 연옹이 나와 초정(박제가)을 자신의 문하생이라 평한 부분을 놓고 하는 말일세."

"좋게도 말해 주는군. 그렇게 말하고 만 것이 아니라네. 형암(이덕무)과 나더러 글줄이나 짓는 보잘것없는 재주밖에는 가진 게 없다고 중국 선비들 앞에서 아예 대놓고 폄하를 했다니까. 그 꼼수를 내 모를 줄 알고? 우리를 짓밟고 자기만 높이려는 수작을 부린 거지."

이덕무의 여유로운 대답을 견디지 못한 박제가가 끼어들어 설명을 마무리 지었다. 남자는 자신의 차례가 되었음을 직감했다. 유난히 호들갑스럽게 이덕무의 손을 잡고 좌우로 흔들던 남자는 그의 귀에 대고 속삭였다. "황당하고 망령된 책이라는 말은 더 이상 꺼내지 말라고 했지 않나? 그리 쉽게 내 책의 비밀을 털어놓아 버리면 이 책 하나 믿고 살아야 할 나는 앞으로 어떻게 처신하란 말인가?"

속삭이는 흉내를 내기는 했으나 풍채 탓인지 웬만한 이들의 대화하는 목소리보다 훨씬 더 컸다. 웃음소리가 이내 방 안을 가득 채웠다. 남자는 그 웃음 속에 박남수의 것은 없음을 눈치챘다. 웃음은커녕 다른 이들의 웃음이 깊어질수록 그의 얼굴은 더 단단하게 굳어만 갔다. 남자의 속이 조금씩 끓었다. 끓는 속을 달래는 데는 술만 한 것이 없었다. 남자는 잠시 얼굴을 찡그린 채 술을 한 잔 비우고는 다시 『열하일기』를 펼쳐 들었다. 웃음으로 거나하게 취한 벗들의 얼굴은 어느새 다시 고요해졌다.

밤에 여러 사람들과 가볍게 술 몇 잔을 마시고, 으슥한 시간이 되어서야 취한 몸을 가누며 돌아와 누웠다. 정사와는 캉炕을 마주했는데 중간에 장막을 쳐서 막았다. 정사는 이미 깊은 잠에 빠져 있었다. 막 담뱃대를 물고 정신이 몽롱해지려던 참이었다. 머리맡에서 갑자기 발자국 소리가 났다. 놀란 내가 외쳤다. "거기 누구냐?"

즉각 대답이 돌아왔다. "도이노음이요."

발음과 목소리가 우리말과 다르고 수상쩍었다. 다시 고함을 질렀다. "네놈이 누구냐?"

큰 소리의 대답이 또다시 돌아왔다. "소인 도이노음이요."

시대와 상방의 비복들이 일제히 놀라 일어났다. 뺨을 치는 소리가 들리는가 싶더니 우당탕 문밖으로 뛰쳐나가는 소리가 이어졌다.

소란이 정리된 후 알게 된 일의 전말은 다음과 같았다. 청나라 갑군은 매일 밤 우리 일행의 숙소를 순검하면서 사신단의 숫자를 셌다. 야심한 시각, 모두들 곤히 잠든 틈에 왔다 갔기 때문에 그동안 그의 존재를 아는 사람이 없었다. 잠 못 들고 깨어 있던 내가 인기척을 느낀 것이 사건의 발단이었다.

그렇다고는 해도 갑군이 스스로 '도이노음'이라 칭한 것은 정말 포복절도할 일이다. 우리나라에서 오랑캐를 부르는 말이 바로 '도이'(되)니 말이다. 갑군은 다년간 사신들을 맞이하고 보낸 관계로 우리끼리 주고받는 말에 익숙해진 모양이다. 하필 저희를 비웃는 '되'라는 호칭이 그중에서도 특히 익숙해진 것이다.[4]

이번에도 박장대소는 박제가의 몫이었다. 박제가는 손과 발과 얼굴 근육을 모두 동원해 혼비백산했을 되놈의 흉내를 내며 즐거움을 만끽했다. "하여간 도이노음들은 못 말린다니깐."

이덕무는 박제가의 얼굴을 보며 소리 없이 웃고, 남공철은 허허 소리 내어 웃으며 술병을 들어 남자의 잔에 술을 따랐다. 남자는 심통이 난 아이 같은 얼굴의 박남수가 자신을 바라보며 입술을 여는 것을 보고는 일부러 몸을 돌려 남공철에게 질문을 던졌다. "금릉(남공철)은 어떻게 들었는가?"

남공철은 잠시 생각한 후 이렇게 답했다. "『열하일기』가 있어 선생의 이름은 세상에 널리 전해질 것입니다."

"제 생각은 다릅니다."

박남수가 더 이상 참지 못하고 자리에서 벌떡 일어나면서 한 말이었다. 이상한 것은 남자의 반응이었다. 남자는 마치 아무 말도 듣지 못한 것처럼 남공철의 말을 반복했다. "『열하일기』가 있어 내 이름이 세상에 널리 전해질 것이다, 과연 젊은 문사 금릉다운 절묘한 표현이군."

박제가가 잊지 않고 재빨리 끼어들어 빈정거렸다. "개 버릇 남 못 준다니까. 하여간 자화자찬하고는."

남자도 지지 않고 우렁찬 목청으로 맞섰다. "마음껏 놀려대게. 난 그저 금릉의 표현이 절묘하다고 했을 뿐."

"제 생각은 조금 다르다고 했습니다."

다시 박남수였다. 그는 오가는 농에 자신의 의견이 묻힐까 싶어 걱정이 된 나머지 아예 자신의 가슴을 주먹으로 세게 두드리며 소리를 질렀다. 가슴이 괜찮을까 싶어 얼굴을 자세히 보니 아니나 다를까 눈이 시뻘건 게 꽤 취한 상태였다. 빠른 속도의 자작이 빚어낸 필연적인 결과였다. 남자는 가타부타 말도 없이 술잔만 비웠다. 그 어지러운 침묵을 제멋대로 자신에 대한 승인으로 받아들인 박남수는 그 기회를 놓치지 않고 참았던 말들을 일사천리로 내뱉었다. "연행가실 때 제가 지어 드린 전별시를 혹 기억하시는지요? '머리카락 희게 세었다고 말하지 마라. 천지의 무궁함도 별것 아닌 양 본다네. 필마로 요동의 들판을 가르니, 채찍을 내려치자 만 리에 바람이 일도다.' 제가 왜 그런 호방하고 웅대한 시를 지었는지 아십니까? 선생에게 거는 기대와 꿈 또한 그만큼 호방하고 웅대했기 때문입니다. 이제 와서 생각하면 다만 허무할 뿐입니다. 그 기대와 꿈은 다 어디로 갔는지 모르겠습니다."

자신의 시를 스스로 호방하고 웅대하다 표현하다니 자부심 치고는 꽤 기묘한 자부심이라고 남자는 생각했다. 박남수의 말이 끝나자마자 남자가 『열하일기』의 원고를 그에게 들이밀며 빈정거린 것은 그 기묘한 자부심이 불러온 본능적인 거부감이 분명 단단히 한몫했을 것이다. "기대와 꿈 말인가? 이상하군, 바로 눈앞에 있는데도 자네는 그것들을 못 보는군 그래. 내 묻겠네. 혹시 근자에 자네 눈을 누구에게 빼앗긴 일이 있는가? 선뜻 대답을 못하는 걸 보니 빼앗긴 것도 모르는 모양이구먼. 쯧쯧, 그러기에 미리 그 잘난 두 눈알을 가려 두었으면 좋았을 것을."

"눈알이라니, 도대체 무슨 말씀이십니까?"

"내 하인인 장복이라는 놈이 그랬다네. 연행 길은 처음인 놈이 잽싸게 행동하지 못하고 어리숙한 짓거리만 골라 하기에 그렇게 한눈을 팔다가 황성에 가면 네놈의 오장육부도 다 잃어버릴까 겁이 난다고 일갈을 해 주었지. 그랬더니 놈이 뭐라는 줄 아나? '앞으로는 소인이 두 눈알을 의당 감쌀 터이니 감히 어느 놈이 눈을 뽑아 갈 수 있겠습니까?' 놈은 그저 내 말을 문자 그대로만 이해했던 것이지. 하도 어처구니없어서 내 말문이 턱 막혔던 기억이 자네를 보니 새록새록 다시 떠오르네."

"말씀이 조금 심하신 듯합니다."

박남수의 날 선 말투를 접한 남자는 잠시 천장을 보았다. 말씀이 조금 심하다고? 그래, 그렇기는 하지. 남자가 다시 입을 열었다. 조금 전의 열띤 풍자는 사라지고 의외로 차분한 목소리가 흘러나왔다. "그리 들렸다면 미안하게 됐네. 하지만 나도 괜히 그런 것은 아닐세. 자네의 굳은 얼굴을 시종일관 보았더니 내 심사도 함께 뒤틀렸네. 어쩌면 심사까지는 아니고 단지 입술만 뒤틀렸던 것일 수도 있고. 자, 말이 나온 김에 속 시원히 털어놓고 말해 보게. 내가 쓴 글의 어떤 부분이 그렇게도 자네 마음을 거슬리게 했던가? 자네라면 그래도 내 진심을 알아주리라는 믿음이 정녕 터무니없었던 건가?"

남자의 솔직하면서도 적극적인 대응에 박남수의 얼굴 근육이 조금은 누그러졌다. "그러니까 모든 부분이 다 마음에 들지 않았다고 말하는 것은 아닙니다. 제 마음을 감동시킨 부분도 적지 않습니다. 그중에서도 백미는 심양 사저에 머무르는 소현세자의 심정을 떠올리는 부분입니다."

박남수는 남자에게서 원고를 건네받은 뒤 자신이 언급한 부분을 찾아 비장한 목소리로 낭독했다.

아아, 마음 아프다! 심양 사저에 머물던 시절 소현세자는 수많은 이별의 아픔을 겪었을 것이다. 함께 고락을 나누던 신하들이 떠나는 일도 많았고, 조선 사신이 짧은 체류 끝에 돌아가는 일도 적지 않았을 것이다. 소현세자는 그들을 보며 무슨 생각을 했을까?

임금이 욕을 당하면 신하된 자는 마땅히 죽어야 한다는 말은 실제로 벌어진 일에 비하면 오히려 느긋한 표현에 속할 것이다. 신하된 자는 어떻게 머물 수 있었겠으며 어떻게 떠날 수 있었으랴? 소현세자는 그들을 어떻게 참고 보냈으며 어떻게 참고 놓아주었는가? 이야말로 우리나라 사람이 가장 슬프게 통곡했을 때인 것이다.

아아, 마음 아프다! 서캐처럼 작은 나 같은 미천한 신하가 백 년 뒤인 오늘날 생각해 보아도 오히려 혼이 싸늘하게 연기처럼 사그라지고 뼈가 시리어 부서질 듯한데, 하물며 당시 그 자리에서 이별의 절을 하고 하직하는 말을 하는 즈음에야 그 심정이 어땠겠는가? 우리의 처지는 한없이 곤궁하고 위축되었으며, 되놈들의 감시와 의심이 깊어 눈물을 참아야 하고 우는 소리를 삼켜야 하며 처참하고 낙담한 표정을 감추어야 하는 그 상황에서야 도대체 어떻게 했어야 했겠는가?

심양에 남아 있는 신하들이 떠나는 사람을 멀리 바라보고 있노라면 요동 벌판은 아득히 멀어져만 갔을 것이다. 사람의 행렬은 점점 작아지다 콩알만 해졌을 것이고, 말들의 모습은 점점 작아지다 겨자씨만 해졌을 것이다. 눈으로 보는 곳은 모두 아물아물해졌을 것이고, 마침내는 땅 끝과 물 끝이 하늘에 닿아 끝이 보이지 않게 되었을 것이다. 그렇게 허망한 날이 저물어 숙소의 문이 닫힐 무렵에는 도대체 어떤 마음이었겠는가?[5]

낭독이 끝나고도 입을 여는 이가 없었다. 소현세자의 이름이 몰고 온 쓸쓸하고 비감한 분위기 탓이다. 박남수는 그 깊은 침묵을 자신에 대한 동의로 간주한 것 같다. 소현세자의 이름이 마중물이라도 된 듯 가슴속에 담아 두었던 말을 우물물처럼 거세게 쏟아낸 것을 보면. "청음 선생(김상헌)의 시 또한 제 마음을 적잖이 감동시켰습니다. '늦가을 바다 언덕에 기러기 처음으로 날아오고, 한밤중에 반짝 나타난 떠돌이별은 이내 신세이런가' 하는. 그 외에도 몇 군데 더 있기는 하지만 그만하렵니다. 아쉽게도 도무지 제 정서로는 이해가 되지 않는 부분이 감동적인 부분보다 백 배, 천 배는 더 많기 때문입니다. 특히 여기 이 부분 말입니다. 천년 뒤에는 『수호지』 같은 소설이 중국의 정통 역사책이 될 것이라니 도대체 그게 무슨 말씀이십니까?"

　박남수가 지적하는 부분을 흘낏 본 남공철이 그의 어깨에
손을 올리며 만류했다. "그건 그런 뜻이 아닐세. 천하의 도가
어지럽혀지는 것을 개탄하는 맥락에서……."

　"백 번 천 번 양보해 자네의 의견을 받아들이겠네. 그렇다면
곳곳에서 『수호지』의 문장과 사건을 경전처럼 빈번히 인용하는
이유는 무엇인가? 「도강록」에서는 흑선풍의 어미가 어쩌고저
쩌고 하는 말을 농담처럼 툭툭 내뱉고, 절에 들어가 오미자를
훔쳐 먹는 장면에서는 아예 『수호지』의 속된 대화체를 보고 베
낀 것처럼 천박하게 그대로 쓰고 있으니 이래도 내가 오해했다

고 말할 수 있겠나?"

자신의 벗인 남공철에게 열변을 토하고 있지만 그 열변의 대상이 실은 남자라는 것을 모르는 이는 아무도 없었다. 급한 성격치고는 꽤 오래 참은 박제가가 드디어 입을 열었다. "자네 생각은 알았으니 이제 그만하게. 어찌 되었건 오늘 나눌 이야기로는 적당하지 않아 보이네. 모처럼의 좋은 날을 자네는 망치고 싶은 겐가?"

"벗들과의 교우를 외면할 까닭이 무엇이겠습니까? 다만 지금이 아니면 기회가 없을 것 같아 그러는 겁니다. 부디 어린 벗의 충정으로 받아들여 주십시오. 저는 이 이상은 참을 수가 없습니다. 모두들 사람들이 수군거리는 이야기들은 듣지도 못했단 말입니까? 어제 만난 이는 아예 노골적으로 저에게 비아냥거립니다. 「호질」에 보니, 사람의 처지에서 본다면 중국과 오랑캐의 구분이 뚜렷하겠지만, 하늘의 기준에서 본다면 은나라의 모자나 주나라의 면류관은 모두 당시 국가의 제도를 따랐을 뿐이라고 되어 있네. 청나라의 붉은 모자 또한 마찬가지라니 그게 도대체 무슨 소린가? 청나라 같은 오랑캐 국가가 은이나 주와 똑같다는 말인가? 비슷한 구석도 없는데 도대체 뭐가 똑같다는 말인가?' 말을 해도 귀담아 들을 줄 모르는 이라 대충 얼버무리고 말았습니다만 사실 저도 잘 이해가 되지 않는 부분입니다. 한술 더 떠 청이 화華이고 조선이 오랑캐라고 한 부분도 있는데 그렇다면……."

남자의 인내력이 한계에 다다랐다. 남자는 벌컥 화를 냈지만 이어지는 말의 맥락은 미묘하게 달랐다. "도대체 그들은 어디서들 『열하일기』를 구해서 읽는 건가? 휘갈겨 쓴 초고일 뿐 아직 완성되지도 않은 원고라 벗들 말고는 그 누구에게도 보여 준 적이 없건만…….

박남수도 지지 않았다. "지금 그게 중요한 게 아닙니다. 화華 와 이夷라는 것은……."

"배를 대어 둔 곳이 매우 질척거리기에 나는 '웨이' 하고 되 놈 하나를 불렀다."

남자의 커다란 목소리가 분쟁을 단번에 종식시켰다. 남공철 은 박남수의 어깨를 잡은 손에 힘을 주었다. 마지못해 앉기는 했지만 박남수의 얼굴은 더 어두워졌다. 그것만이 아니었다. 신체가 드러내는 분노는 더욱 더 컸다. 흥분을 가라앉히지 못 한 탓에 손은 물론 발까지 떨고 있었으니.

조금 전 시대가 하는 것을 보고서 배운 말이었다. 그가 선뜻 상앗대를 놓고 건너왔다. 나는 바람처럼 몸을 날려 그의 등에 업혔다. 그는 '히히' 웃으며 나를 배에 들여놓더니 숨을 내쉬며 길게 탄식했다. "흑선풍의 어미가 이처럼 무거웠더라면 기풍령 을 업어서 오르지는 못했을 겁니다."

이 말을 들은 주부 조명회가 껄껄 웃었다. 나도 가만히 있을 수 없었다. "이 미련한 놈이 난리 통에 어미를 업고 피란을 다 녔던 효자 강혁은 모르고, 고작 『수호지』의 흑선풍 이규만 아는 모양이로군."

조명회가 곧바로 대꾸해 왔다. "그놈이 내뱉은 말 속에는 여 러 가지 뜻이 담겨 있소이다. 본래는 이규의 어미가 이처럼 무

거웠다면 비록 이규 같은 괴력의 소유자라도 제 어미를 등에
업고 고개를 넘기는 힘들었으리라는 뜻이오. 하지만 하나가 더
있소이다. 놈은 이규의 어미가 나중에 기풍령에서 범에게 잡혀
먹힌 것을 떠올리는 거외다. 그런즉 이렇게 좋은 고깃덩이는
차라리 범에게나 던져 주었으면 하는 뜻이 담긴 말이외다."[6]

  점잖은 이덕무마저 소리 내어 웃을 정도이니 박제가의 반응
이야 말할 나위도 없었다. 호의적인 분위기는 잠시였다. 박남
수의 화난 목소리가 이번에도 분위기를 단박에 바꾸어 놓았다.
"선생의 문장은 훌륭하시지만 패관기서를 좋아하는 것이 크나
큰 흠입니다. 그거 아십니까? 순정한 고문이 흥기되지 않는다
면 그건 모두 선생 탓입니다."
  패관기서와 순정한 고문이라는 말에 남자는 자기도 모르게
주먹을 쥐어 바닥을 쳤다. 우락부락한 외모와는 달리 남자는 웬
만해서는 화를 내는 법이 없었다. 목청도 크고 소리를 고래고래
지르는 별난 습성도 지니고 있지만, 그것들은 그저 타고난 성향
이 그러할 뿐 진정한 마음 상태를 반영하는 것은 아니었다. 그
런 그가 웃지도 않고 폭력적인 행동을 보였다는 것은 진심으로
화가 났다는 증거였다. 남자와 어울린 지 이미 몇 년이었으므
로 박남수 또한 그 사실을 모를 리가 없었다. 그러나 같은 반남
박씨 혈족인 때문일까, 외모는 달라도 그의 기세는 남자에 비해
조금도 뒤처지지 않았다. "패관기서의 폐해는……."
  남자의 목소리가 박남수를 다시 가로막았다. "내가 크게 웃
으며 말했다. '저놈이 어찌 말을 하면서 쉬이 그런 문자를 쓸

줄 안단 말이오?' 조군은 '눈을 뜨고도…….'"

박남수가 두 눈을 부라리며 남자의 낭독을 끊었다. "이 나라의 문장이 이토록 법도가……."

"젠장, 못해 먹겠군. 네놈이 도대체 뭘 안다고 떠들어대는 게냐?"

남자는 작심한 듯 험한 말을 내뱉었다. 그러나 흥분도 잠시, 남자는 강한 자제력을 발휘해 아무 일 없었다는 듯이 다시 목청을 높여 낭독을 시작했다. "바로 저런 놈들을 두고 하는 말입니다. 그러나 패관기서가 모두 그들의 입으로 늘 쓰는 일반적인 말이니……."

"저 요물을 그냥."

자리에서 벌떡 일어난 박남수의 손에는 촛불이 들려 있었다. 촛불이 노리는 것은 남자의 원고였다. 원고가 재로 변하기 일보 직전에 남공철의 손이 간신히 촛불을 낚아챘다. 박남수의 취기가 조금만 덜했다면, 남공철이 잠시라도 한눈을 팔았다면 원고는 분명 뜨거운 불세례를 받았을 것이다. 서둘러 촛불을 끈 남공철이 박남수를 보며 목소리를 높였다. "산여(박남수), 도대체 지금 무슨 짓을 하는 건가?"

박남수는 대꾸도 않은 채 자신의 자리로 돌아가 앉았다. 웬만한 일에는 끄떡도 않는 남자였지만 이번은 달랐다. 남자는 눈을 질끈 감고는 아예 벽을 향해 돌아누워 버렸다. 절정을 향해 치닫던 갈등이 한순간에 물거품이 되어 사라져 버렸다. 그 와중에도 박제가의 얼굴에서는 웃음이 떠나지 않았다는 것을 남자는 몰랐다.

3

　그날 밤의 사건은 그렇게 끝나지 않았다. 벗들 간에 벌어진 일이니 비록 어쭙잖은 화해일지라도 훗날을 위한 뒷수습은 분명 필요했다. 박남수의 막무가내식 혈기에 꼼짝없이 말려든 바람에 참지 못하고 화를 내기는 했으나 그것이 남자의 진심은 아니었다. 남자에게 있어 박남수와 남공철은 가장 어린 축에 속하는 벗이었다. 그 나이 적 가슴속에 품었던 자신의 울분을 잊지 않고 있던 남자는 박남수의 돌발적 행동을 되도록 좋게 해석하고 싶었다. 문장에 대한 고민이 없었다면 애초에 사단을 일으키지도 않았을 터였다. 고문과 금문을 두고 갈등했던 그 깊고 깊은 고민이 술을 빌려 터져 나왔다고 믿고 싶었다. 남자는 겉보기와는 달리 근본적으로는 정이 많은 사람이었다. 어리고 과격하나 마음 하나만은 그 누구보다도 올곧은 벗을 한 번의 다툼으로 허무하게 잃고 싶지는 않았다. 그런 남자의 심사를 정확하게 읽은 것은 바로 박제가였다. 박제가는 심각해진 분위기 따위는 아랑곳하지 않고 킬킬거리는 웃음을 섞어 가며 홀로 목소리를 높였다. "자자, 이 시끌벅적한 날에 글과 그림이 빠질 수는 없는 법이지. 글씨야 당연히 내가 가장 잘 쓰니 형암이 그림을 좀 그리게."

박제가는 종이를 앞에 놓고 잠시 고민하는 척하더니 이내 빠르게 붓을 휘둘렀다. '이백일두시백편'李白一斗詩百篇 운운하는 구절이 보이는 것을 보니 두보가 지은 「음중팔선가」가 분명했다. 이덕무는 어깨 너머로 박제가가 쓴 글을 보고는 곧바로 그림을 그리기 시작했다. 술기운 탓일까, 평소의 이덕무 그림에 비해 조금은 거칠게 보이는 그림이 얼마 지나지 않아 완성되었다. 거미가 처마에 거미줄을 치고 있는 장면이었다. 어느새 글씨 쓰기를 마친 박제가가 그림을 보며 한바탕 호들갑을 떨었다. "절묘하군. 때때로 멈칫멈칫하기도 하고, 때때로 잽싸게 움직이기도 하는 것이. 보리 파종할 때 씨를 밟는 발 모양 같기도 하고, 거문고 탈 때 줄을 누르는 손가락 같기도 하구나."

누웠어도 귀는 열어 두고 있던 남자의 어깨가 움찔했다. 역시 박제가였다. 벌떡 일어나 박제가와 장단을 맞추고 싶은 마음이 간절하나 그러기에는 아직 이르다는 생각에 결단을 내리지 못하고 망설였다. 그렇다. 박남수가 사과한 것도 아닌데 연장자가 되어 먼저 몸을 일으킬 수는 없었다. 남공철이 곁에 다가와 앉으며 부드러운 목소리로 권유했다. "글씨도 좋고 그림도 훌륭합니다. 선생의 발문만 있으면 더할 나위가 없겠습니다."

그 부드러운 목소리에 남자는 거칠게 응대하는 것으로 화답을 했다. "됐네. 날 내버려두게나."

남공철의 당황하는 모습이 눈에 보이는 듯했다. 그의 입장에서는 괜히 화해의 손길을 내밀었다가 느닷없는 봉변만 당한 셈이다. 하지만 지금은 어쩔 수 없다. 박남수가 무릎 꿇고 사과하기 전에는 미동도 하지 않을 참이었으므로.

"이상하네. 어디에서 우렛소리가 들리지 않소?"

"나도 들은 것 같네. 동쪽 하늘가에 구름이 가득하더니만 비라도 내리려는 모양이야."

"으흠, 저 소리는 도대체 어떤 음音에 속할까?"

박제가와 이덕무가 주고받는 말이었다. 둘은 모임이 있기 전에 모의라도 하고 온 것처럼 박자를 제대로 맞추었다. 형제 같은 그 둘이 무슨 수작을 부리는지 남자는 잘 알고 있었다. 그럼에도 고개를 돌리지 않은 것은 남자답지 않게 머뭇거리다가 그만 화를 풀 시점을 놓쳐 버린 탓이었다. 박남수가 거짓으로라도 사과를 해 오지 않은 탓이었다. 박제가는 아예 거문고를 가져다 놓고 연주를 시작했다. 얼굴이 저절로 찌푸려졌다. 남자를 자극하기 위해 일부러 맞지도 않는 음을 내고 있는 것이다. 소리에 민감한 남자는 눈을 질끈 감아 버렸다. 남자는 눈을 감은 김에 머릿속으로 아름다운 소리를 상상하기 시작했다. 노력은 보답을 받는 법이다. 풍무(김억)의 거문고 소리가 반가운 이의 발자국 소리처럼 한 걸음 한 걸음 남자 곁으로 다가왔다. 정신을 더 집중하자 이번에는 홍대용이 연주하는 가야금 소리가 들려왔다. 국옹의 노랫소리까지 더해지니 어느덧 공간은 홍대용의 집으로 완벽하게 전환이 되었다. 남자는 그날의 모임을 이제 자신의 두 눈으로 보고 두 귀로 듣는다.

22일의 일이다. 국옹과 함께 걸어서 담헌(홍대용)의 집에 갔다. 거문고 연주자인 풍무도 밤이 되어 합류했다. 담헌이 가야금을 연주했다. 풍무는 거문고로 화음을 맞추고 국옹은 갓을 벗어 던지고 노래를 불렀다. 밤이 깊어지자 더위가 건듯 물러나고 구름이 사방으로 흩어졌다. 그 때문일까, 가야금과 거문고 소리가 더욱 맑게 들렸다. 좌우에 앉은 사람들 모두 고요하니 말이 없었다. 마치 도가의 단을 닦는 이가 생각을 끊고 가만히 마음을 들여다보고 있는 것 같기도 했고, 참선 중인 승려가 전생을 문득 깨치는 것 같기도 했다. 무릇 스스로를 돌이켜 보아 떳떳하다면 삼군과도 맞설 수 있는 법이다. 국옹은 노래를 부를 때 옷을 풀어헤쳤는가 하면 앉아서도 턱하니 다리를 벌린 것이 방약무인 그 자체였다.

언젠가 형암은 처마의 늙은 거미가 거미줄 치는 걸 보고서는 기뻐하며 내게 이런 말을 한 적이 있다. "절묘하지 않습니까! 때때로 멈칫멈칫하기도 하고, 때때로 잽싸게 움직이기도 하는 것이 흡사 보리 파종할 때 씨를 밟는 발 모양 같기도 하고, 거문고 탈 때 줄을 누르는 손가락 같기도 합니다."

지금 담헌과 풍무가 어우러져 합주하는 모습을 보고서야 비

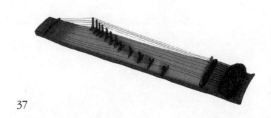

로소 늙은 거미에 대한 형암의 말을 이해할 수 있었다.

지난여름 담헌의 집에 갔을 때의 일도 떠올랐다. 담헌은 악사 연씨와 거문고 이야기에 한창이었다. 하늘은 비를 머금었고, 동쪽 하늘가 구름은 온통 먹빛이었다. 한번 우레라도 치면 금방 비가 쏟아질 참이었다. 긴 우렛소리가 하늘을 지나가자 담헌은 연씨에게 물었다. "저 소리는 어떤 음에 속할까요?"

담헌은 거문고를 가져와 그 소리에 화답하고자 했지만 끝내 뜻을 이루지는 못했다.[7]

오래 전의 일이건만 남자에게는 어제 일처럼 생생하기만 한 풍경이다. 그때의 일을 자신들의 일처럼 잊지 않고 기억해 주는 벗들이 진정으로 고마웠다. 더 이상 꽁한 마음을 품는 것은 속내 깊은 벗들에게 너무도 미안한 일이 될 것이었다. 어린 박남수의 사과 따위야 안 받아도 그만이었다. 남자는 서둘러 몸을 일으켜 앉은 뒤 박남수를 불렀다. 홀로 술잔을 비우고 있던 박남수가 천천히 다가와 남자 앞에 앉았다. 죄인처럼 고개를 숙이고 있기는 하나 여전히 얼굴에는 분기가 사라지지 않았다. 다 이해하기로 마음을 먹기는 했지만 순간적으로 깊은 절망감에 사로잡혔다. 남자는 이 젊은 벗을 온전히 설득하기란 불가능에 가깝다는 사실을 새삼 깨달았다. 문득 열하의 찰십륜포에서 반선라마를 만났을 때가 떠올랐다. 티베트 사람인 반선라마의 말을 이해하기 위해서는 다섯 겹의 통역을 거쳐야만 했다. 반선라마가 몽고 왕에게 말을 전하면, 몽고 왕은 청나라의 군기대신에게 말을 전하고, 군기대신은 통역관인 오림포에게 말을 전하고, 오림포는 조선 통역관에게 말을 전한다. 그쯤 되고 보니 원래 반선라마가 하려 했던 말이 남자가 듣고 있는 말과 같은 것인지도 의심스러웠다. 중간의 누구 하나가 자신의 이익을 위해 양념처럼 거짓을 섞고 버무렸더라도 그 거짓을 찾아낼 방도는 없었다. 이렇듯 절차가 복잡하다보니 반선라마에게 무엇을 전한다는 것 또한 불가능했다. 그저 저들의 지시에 따라 꼭두각시처럼 나아가고 물러나는 게 전부였다. 나오려는 한숨을 누르고 박남수에게 말을 꺼내려는데 또 다른 생각이 떠올라 남자를 제지시켰다. 따지고 보면 반선라마의 입장 또한 마찬가지였을 것이다. 조선에 대한 호의가 있었더라도 그 뜻을 온전하게 전하기란 불가능했을 것이다. 남자의 머리가 어지러워졌다. 자신이 조선의 자제군관이었는지 반선라마였는지 헷갈리기 시작했다. 자신이 박지원인지 박남수인지 헷갈리기 시작했다.

남자는 주먹을 움켜쥐었다. 상념이 지배하게 놔둘 수는 없었다. 자칫 잘못하다가는 자신이 누구인지도 잊어버렸던 정신 나간 송욱의 신세가 될 터이니. 간신히 마음을 다잡고 차근차근 말을 내뱉었다.

"내 이 세상에서 불우하게 지낸 지 제법 오래되다 보니 문장을 빌어 불평한 기운을 펴서 제멋대로 노니는 데 익숙하게 됐네. 『열하일기』의 초고에 그런 부분들이 더러더러 보이는 연유라 말하고 싶네. 내 약속하지. 그런 부분들은 틈나는 대로 손을 보아 고칠 것이라네. 자네도 마음을 좀 열게. 그런 결점들을 이해하고 하나하나 주의 깊게 읽어 보면 그 속에 있는 내 진심을 분명히 읽을 수 있을 것일세. 자네는 나이도 젊고 자질도 훌륭하네. 그러니 겉만 보고 판단하지는 않을 거라 믿네. 앞날이 창창한 자네이니 내 글에서 말하고자 하는 바를 올바로 읽고, 부디 좋은 것들을 본떠 세상을 깜짝 놀라게 만들 글을 쓰게나."

남자는 술병을 들어 박남수의 잔에 채워 주었다. 박남수는 단숨에 술을 비운 뒤 잔을 건네며 말했다. "그렇군요. 저도 선생의 말씀을 명심하겠습니다."

사과라고 하기에는 어정쩡한 대답이었으나 남자는 그 정도로 만족하기로 했다. 모든 벗에게 자기를 제대로 이해해달라고 강요할 수는 없는 일이었다. 한 사람의 지음知音이 된다는 것은 마음에 드는 글을 쓰는 것보다 훨씬 더 어렵다는 사실을 남자는 지난 경험들을 통해 잘 알고 있었다. 남자는 술잔을 채워 이번에는 박제가에게 건넸다. 박제가가 돌려준 술잔을 비우고는 이덕무에게 건넸다. 이덕무가 돌려준 술잔을 비우고는 남공철에게 건넸다. 남공철이 돌려준 술잔을 비우고는 박남수에게 건넸다. 벗들이 한 잔을 비울 동안 넉 잔을 비운 효과는 지체 없이 나타났다. 한때는 앉은자리에서 50여 잔을 비우고도 멀쩡했지만 그것은 모두 지나간 시절의 연기처럼 허무하게 흘러간 일화일 뿐이었다. 얼마 지나지 않아 취기에 완전히 지배당한 남자는 술잔을 들고 고래고래 소리를 질렀다. "요양성 술집 깃발에 뭐라고 쓰여 있는지 아는가? '이 집의 명성을 들은 자는 응당 말을 멈출 것이고, 술 향기를 찾는 사람은 장차 수레를 세우리라.' 자, 우리는 말을 멈추고 수레를 세우고 벽오동 울창한 산여의 집으로 왔소. 다들 바쁜 터라 매일 있는 일도 아니니 이대로 보낼 수는 없소. 맛있는 술이나 마시고 마음껏 취합시다."

술잔은 빛보다 빠르게 바닥을 드러냈다. 텅 빈 바닥에서 남자는 무엇인가의 모습을 보고 소리를 들었다. 갓난아이였다. 갓난아이는 무엇이 그리 서러운지 한바탕 울음을 터뜨리는 중이었다. 갓난아이가 자신을 바라보는 것을 보고 남자는 흠칫 놀랐다. 묘하게도 자신과 닮아 있는 탓이었다. 남자는 스스로 빈 잔에 술을 채우고는 누구에게랄 것도 없이 이렇게 외쳤다. "한바탕 통곡하기 좋은 곳이로구나."

눈치 빠른 박제가가 재빨리 장단을 맞추어 주었다. "별안간 통곡할 것을 생각하시니 무슨 까닭입니까?"

"영웅과 미인에게는 원래 눈물이 많은 법이라네."

터지는 웃음들이 꿈속처럼 아득하게만 들렸다. 남자의 귀에는 갓난아이의 울음소리가 더 크게 들렸다. 그 울음소리를 지우기 위해 남자는 자신이 아는 온갖 논리를 더해 항변을 하기 시작했다.

갓난아이가 처음 태어나 칠정七情 중 어느 정에 감동하여 우는지 아는가? 갓난아이는 처음으로 해와 달을 보고, 그다음에 부모와 일가친척들을 보고, 즐거워하고 기뻐하지 않을 수 없을 것이네. 이런 기쁨과 즐거움은 늙을 때까지 두 번 다시 없을 터이니 말일세. 그렇다면 슬퍼하거나 화를 낼 이치가 없으니 응당 즐거워하고 웃어야 할 것이 아닌가? 그런데 현실은 어떠한가? 갓난아이는 웃기는커녕 도리어 한없이 울어대고 분노와 한이 가슴에 꽉 찬 듯이 행동하지를 않나? 이를 두고 이렇게들 말하지. 신성하게 태어나거나 어리석고 평범하게 태어나거나 간에 사람은 모두 죽게 되어 있고, 살아서는 허물과 걱정 근심을 백방으로 겪게 되므로, 갓난아이는 자신이 태어난 것을 후회하여 먼저 울어서 자신을 위로하는 것이라고 말이야. 하지만 이는 갓난아이의 본래 마음을 참으로 이해하지 못해서 하는 엉뚱한 말이네.

내 생각은 이렇다네. 갓난아이가 어머니 태중에 있을 때는 캄캄하고 막히고 좁은 곳에서 웅크리고 부대끼게 마련이네. 그러다가 갑자기 넓은 곳으로 빠져나와 손과 발을 펴서 기지개를 켜고 마음과 생각마저 확 트이게 되니, 어찌 참소리를 질러 억눌렸던 정을 다 크게 씻어 내지 않을 수 있겠는가?

그러므로 갓난아이의 거짓과 조작이 없는 참소리를 응당 본받는다면, 동해를 바라볼 수 있는 금강산 비로봉도 한바탕 울 만한 적당한 장소가 될 것이고, 황해도 장연의 금모래사장 또한 한바탕 울만한 장소가 될 것이네.

나는 지금 요동 벌판에 있네. 산해관까지 일천이백 리가 되건만 사방에 한 점의 산도 없어서, 하늘 끝과 땅 끝이 마치 아교로 붙인 듯, 실로 꿰맨 듯하고 고금의 비와 구름만이 창창하다네. 그러니 여기가 바로 한바탕 울어 볼 만한 장소가 아니겠는가?[8]

아쉽게도 그의 완벽한 항변을 들은 벗은 아무도 없었다. 그럴 수밖에. 술에 취한 거구의 몸을 가누지 못해 술상 위로 쓰러져 버린 모습을 보고 호들갑을 떠는 것으로도 그들은 너무나 바빴으므로. 그 드문 광경에 놀라고 반색하느라, 물밖에 나온 금붕어처럼 바쁘게 뻐끔거리는 남자의 입술 같은 사소한 움직임 따위에는 도저히 주의를 기울일 수가 없었으므로. 남자도 그들을 양해해야 하리라. 벗들에게 말해지지 않는 완벽한 항변까지 모두 알아 달라 할 수는 없는 법이니.

4

기괴한 술자리가 끝난 뒤 남자는 무엇을 했던가. 밝은 아침에 남자를 찾아온 것은 허탈한 자책감뿐이었다. 벗들을 마주하기가 두려웠다. 벗들이 깨어나기 전에 혼자서 박남수의 집을 빠져나온 남자는 임시 거처 삼아 머물고 있는 삼포의 세심정으로 갔다. 세심정은 남자의 연행 길에 정사를 맡았던 삼종형 박명원 소유의 정자였다. 아끼는 동생에게 정자를 거처로 내주고도 박명원은 이렇다 할 생색조차 내지 않았다. 그저 지나가는 말로 이렇게 말했을 뿐. "좋은 강산은 좋은 주인이 맡는 게 좋지 않겠나!"

책을 읽고 있던 처남 이재성이 남자를 반겼다. 남자의 어두운 얼굴을 보고도 이재성은 아무것도 묻지 않았다. 인내로 무장한 이재성 앞에서 결국 늘 그렇듯 속내를 먼저 털어놓은 것은 남자였다. "벗이라고 다 나에 대해 잘 아는 것은 아니더군."

이재성은 고개를 한 번 끄덕이고는 천천히 대답했다. "공을 좋아한다 해도 공의 정수를 아는 건 아닙니다. 『열하일기』에 쓴 우언이나 우스갯소리가 실은 세상에 대한 항변과 조롱이라는 것을 모르는 이들이 의외로 많습니다. 그러고 보면 공을 좋아하는 사람도, 싫어하는 사람도 공에 대해 모르기는 매한가지 아니겠습니까?"

"따지고 보면 내게도 잘못이 있네. 우울하고 괴로운 심정을 우언과 우스갯소리로 잔뜩 두른 셈이니. 아무튼 일 돌아가는 게 영 마음에 들지 않네. 앞으로 어찌해야 할지 도무지 모르겠네."

이재성이 빙긋 웃으며 한마디를 보냈다. "연암협으로 가려 하시는군요."

이재성만큼 남자의 마음을 잘 아는 이도 없었다. 마음이 어지럽고 어두워져 마침내 눈앞의 사물 하나도 제대로 분간하기 어려울 혼란 지경이 되면, 남자는 복잡한 현실은 방 안에 그대로 내버려 두고 몸 하나만 쑥 빼내 연암협으로 떠나곤 했던 것이다. 남자는 대답 대신 강물에 눈길을 주었다. 언뜻 보면 멈춰 있는 것 같으나 실은 단 한순간도 멈추는 법이 없는 게 바로 강물이었다. 조용한 것 같으나 실은 단 한순간도 조용한 적이 없고, 평탄한 것 같으나 실은 단 한순간도 평탄한 적이 없고, 인간과 무관한 것 같으나 실은 단 한순간도 무관한 적이 없는 것, 그게 바로 강물이었다. 이와 비슷한 생각을 그는 전에도 한 적이 있는데 그건 바로 열하로 가던 도중 한밤중에 강물을 아홉 번이나 건널 때였다.

오늘 나는 한밤중에 한 가닥 강물을 이리저리 아홉 번이나 건넜다. 강물은 장성 밖의 변방에서 흘러 들어와 장성을 뚫었다. 유하와 조하, 황화, 진천 등 여러 가닥의 강물은 한군데 모여 밀운성 아래를 지나며 백하가 되었다. 나는 어제 배를 타고 백하를 건넜다.

내가 아직 요동 땅에 들어서지 못했던 여름의 일이다. 뙤약볕 아래에서 길을 가는데 갑자기 큰 강이 앞을 막았다. 붉은 흙탕물이 산더미처럼 밀려 끝이 보이지 않았다. 천리 밖에 폭우가 내린 까닭이다. 물을 건널 때 사람들은 모두 고개를 젖히고 하늘을 바라보았다. 나는 속으로 사람들이 고개를 젖히고 하늘에 조용히 기도를 올리는가 생각했다. 한참 뒤에야 그 이유를 깨달았다. 물 건너는 사람들이 넘실거리고 빙글빙글 빨리 돌아가는 강물을 보면 마치 자기 몸이 물을 거슬러 올라가는 느낌을 받게 된다. 어디 그뿐인가? 눈 또한 강물과 함께 따라 내려가는 것만 같아서 갑자기 현기증이 생기게 되고, 종국에는 몸이 빙글 돌며 물에 빠지게 되는 것이다. 그러므로 그들이 고개를 젖히고 우러러 하늘을 보는 까닭은 하늘에 기도를 하는 것이 아니라, 곧 물을 피해 보지 않으려 함이다. 하긴, 어느 겨를에 경각에 달린 생명을 위해 기도를 드릴 경황이 있겠는가?

이토록 위험하다 보니 물소리는 안중에도 없다. '요동의 벌판은 넓고 편편하기 때문에 물소리가 요란하게 나지 않는다'고 말하는 까닭이다. 이는 물을 몰라서 하는 말이다. 요동 땅 강물이 소리를 내지 않는 것이 아니라 단지 밤에 건너지 않았기 때문이다. 낮에는 눈으로 물을 볼 수 있다. 위험한 것을 보며 벌

벌 떨면서 눈으로 보는 모든 것을 걱정하고 있는 판이다. 그런 마당에 어찌 귀에 소리가 들리겠는가? 오늘 나는 밤중에 물을 건넜다. 눈으로는 위험을 볼 수 없으니 그 위험은 오로지 듣는 데만 쏠리게 되었다. 나는 무서워 부들부들 떨면서 그 걱정을 이기지 못하게 되었다.

나는 오늘에서야 도道라는 것이 무엇인지 깨달았다. 마음에 잡된 생각을 끊은 사람, 곧 마음에 선입견을 가지지 않는 사람은 육신의 귀와 눈이 탈이 되지 않는 법이다. 하지만 귀와 눈을 믿는 사람일수록 보고 듣는 것을 더 상세하게 살피게 되어 그것이 결국 더욱 병폐를 만들어 내게 되는 법이다.'

"그러고 보면 벗은 결국 귀와 눈을 믿는 사람인가?"

남자는 자기도 모르게 혼잣말을 내뱉은 후 이재성을 보았다. 이재성은 아무것도 듣지 못한 사람처럼 책에만 시선을 두고 있었다. 남자는 그의 어깨를 토닥이고 싶은 충동을 억누르며 이렇게 말했다. "자네 말대로 연암협으로 갈 때가 되긴 되었네."

5

 남자는 연암서당에 왔다. 말 한 필에 간단한 짐만을 올린 채
혼자서 왔다. 한때는 가족과 함께 머물기도 했지만 이제 그들
은 더 이상 연암협에 머물지 않는다. 남자가 연암협을 거처로
삼았던 것은 홍국영 때문이다. 대놓고 싫은 소리를 해 대는 성
격 탓에 권력을 쥔 그의 미움을 제대로 샀다. 그러나 미움도,
도피도 다 지난 이야기였다. 남자에게 복수의 칼날을 들이대지
못해 앙앙불락하던 홍국영은 화무십일홍의 격언대로 짧은 영
화만을 누린 채 실각한 지 이미 오래였다. 화근이 없어졌으니
도피의 의미도 없어졌다. 가족은 서울의 일상으로 돌아갔지만
남자는 달랐다. 아무런 연줄도 없던 연암협에 그동안 제법 정
이 붙었다. 틈만 나면 말 위에 올라타 연암협으로 달려오는 것
도 그 때문이었다. 연암협에 특별한 무언가가 있기 때문이 아
니었다. 개성에서도 30리나 떨어진 산골이었다. 언덕은 평평하

고 산기슭은 수려했으나 초목이 우거졌고 길조차 제대로 나 있지 않았다. 멀리 떨어진 곳에 숯 굽는 이들 몇몇이 살 뿐이었고 사람보다 사슴을 더 자주 볼 수 있는 곳이었다. 남자는 그 점이 오히려 마음에 들었다. 그러므로 연암협에 자주 오는 이유는 볼만한 것이라고는 아무 것도 없기 때문이라는 게 오히려 남자의 마음을 더 잘 설명하는 표현이었다.

남자는 바람 잘 드는 대청에 자리를 잡고 가져온 『열하일기』의 원고를 펼쳤다. 한숨을 쉬어 가면서 원고를 읽어 가던 남자는 급기야 원고를 덮고는 혼잣말을 했다. "책은 다 마치지도 않았는데 남들이 돌려가며 베껴서 벌써 책으로 내놓았으니 이를 어쩌면 좋단 말이냐?"

남자의 혼잣말대로 문장에 조금이라도 관심을 가진 이 치고 『열하일기』를 접하지 않은 이는 거의 없었다. 어쩌다 그렇게 일이 커졌는지 남자는 짐작도 할 수 없었다. 원고를 유출시킨 장본인을 색출하겠다는 것이 아니었다. 벗들 중에 고의로 그런 일을 벌일 사람은 없었다. 호사가들의 짓임에 분명했다. 그들은 원하는 것은 무슨 수를 써서라도 얻고야 마는 법이니. 문제는 다 되지도 않은 초고를 가지고 이리 베끼고 저리 베끼고 하다 보니 실제로 유통되고 있는 책이 남자가 쓴 것과 같은지 다른지 구분도 되지 않을 지경이 되었다는 것이다. 그 과정에서 불어난 것은 온갖 소문뿐이었다. 소문이라는 게 흔히 그렇듯 실물을 접한 이보다 그렇지 않은 이들이 자신의 허영을 과장하는 과정에서 더욱 불거지게 마련이다. 처음에는 잘못된 소문을 들을 때마다 그것은 사실과 다르다며 목청도 높이고 해명도 하는 등 꼼꼼하게 대응했지만 얼마 지나지 않아 그런 식의 해명은 하등 소용없는 짓이라는 것을 깨달았다. 남자의 원고는 남자의 의지와는 관계없는 낯선 생물이 되어 있었다. 남자의 절망이 깊어지는 순간이었다. 박남수와의 일도 깊게 들어가면 남자의 그러한 근본적인 절망감과 맞닿아 있을 터였다.

남자로서는 온 힘을 다 기울여 쓴 원고였다. 그 노고는 남자가 쓴 글 한 부분에 하나의 우스갯소리로 요약되어 나타났다. 그날은 바로 열하에서 연경으로 돌아온 날이었다.

밤이 되자 서관에 묵는 역관들이 모두 내 방에 모였다. 술과 안주거리를 잊지 않고 준비했으나, 오랜 여행의 뒤끝이라 도통 입맛이 없었다. 사람들은 술을 마시면서 내 오른쪽에 있는 보퉁이를 끊임없이 힐끔거렸다. 그 속에 들어 있는 물건의 정체가 궁금해 못 견디겠는 모양이었다. 궁금증은 적당히 뜸을 들인 후에는 뚜껑을 열어 주어야 제맛인 법. 나는 창대를 시켜 보따리를 열도록 했다. 사람들의 기대가 일순간에 허물어지는 소리가 들리는 것 같았다. 보따리에 든 것은 붓과 벼루, 필담하느라 갈겨 쓴 초고와 유람하며 적은 일기뿐이었다. 사람들이 웃으며 말했다. "어쩐지 이상하다고 생각했소. 갈 때는 보따리가 없더니, 돌아올 때는 보따리가 너무 커져서 혹시나 했는데 아무렴, 그럴 리가 없지."

미련을 버리지 못한 장복이 서운한 표정으로 창대에게 묻는다. "특별 상금은 도대체 어디 있는 거냐?"[10]

인원을 줄이는 바람에 열하에 따라가지 못하고 연경에 머무르던 장복의 서운한 표정이 손에 잡힐 듯 생생하게 떠올랐다. 장복은 서운했겠지만 남자에게 특별 상금은 바로 그 보따리 안에 든 물건들이었다. 그것들을 위해 남자는 뚱뚱한 몸을 이끌고 남들보다 배는 분주하게 움직였다. 황제의 칙서와 유리창 명성당 서점의 도서 목록과 만수절 축하 연희 목록과 강녀묘 비문 등은 그렇게 해서 얻은 것들이었다. 그런데도 사람들은 남자의 노력에는 조금의 주의도 기울이지 않았다. 그저 열린 입을 더 크게 열어 가며 제멋대로 읽고 해석하고 말을 내뱉을 뿐. 문제의 근원을 뿌리 뽑는 방법은 단 하나밖에는 없었다. 초고 상태의 원고를 하루 빨리 완성해 정본의 책으로 만드는 것, 그것만이 입방아의 제물이 되어 활활 타오르고 있는 남자가 할 수 있는 최선이었다.

남자는 잔뜩 심란해진 마음을 가라앉히기 위해 집 주위를 걸었다. 얼마 걷지 않아 불일봉이 눈에 들어왔다. 뾰족한 것 말고는 특이한 점도 없어서 전에는 그리 큰 의미 있는 봉우리가 아니었으나, 청나라를 다녀온 뒤에는 그렇지 않았다. 평범한 불일봉은 하나의 이야기를 간직한 특별한 봉우리가 되었다. 청나라로 넘어가기 전, 백마산성의 서편에서 보았던 봉우리 때문이었다. 이름도 모르는 그 봉우리는 끝이 길고 뾰족한데다가 색깔도 유난히 짙은 것이 불일봉을 빼닮았다. 그 봉우리를 바라보며 마부 창대와 하인 장복이 있는 돈을 탈탈 털어 사온 술을 마셨던 기억도 생생하게 떠올랐다. 창대와 장복을 떠올리니 저절로 웃음이 났다. 돈을 낸 것은 창대와 장복이었으나 정작 그들은 술을 마실 줄도 몰랐다. 우리 돈을 가지고 국경을 넘을 수 없다는 법을 뒤늦게 알고는 울며 겨자 먹기로 남은 돈을 탈탈 털어 마시지도 못하는 술을 사온 것이다. 덕분에 호강한 것은 남자의 입이었다. 남자는 "먼 길 떠나는 데 해롭지는 않겠구나" 하고 에둘러 한마디 하는 것으로 넌지시 고마움을 비추었다. 물론 남자 혼자 술을 다 비웠다고 말하는 것은 어폐가 있다. 남자는 술을 한 잔 가득 따른 뒤 산성 문기둥에 부어 여행 도중 아무런 사고도 일어나지 않기를 빌었다. 또 한 잔을 채운 뒤 다른 문기둥에 부어 뜻하지 않은 호강을 시켜 준 장복과 창대를 위해 빌었다. 마지막 잔은 무거운 자신의 몸을 책임질 말을 위해 빌었다. 그렇기는 해도 남은 절반 이상의 술이 온전히 남자의 입속으로 들어간 것만은 부인할 수 없는 사실이었다. 남자는 아예 넓적한 바위 위에 앉아 불일봉을 보았다.

불일봉을 꼭 닮은 봉우리를 지날 때만 해도 남자의 마음은 설렘과 희망으로 가득했다. 마흔이 넘어서야 처음으로 조선 땅을 떠나는 것이었다. 벗들은 이미 오래 전에 청나라를 다녀왔다. 가장 먼저 청나라 땅을 밟은 이는 홍대용이었다. 홍대용은 일찍이 1765년에 청나라로 가서 대국의 앞선 문물을 체험했을 뿐만 아니라 육비, 반정균, 엄성 같은 젊고 강단 있는 선비들을 만나 교우를 나누기까지 했다. 웬만한 일에는 흥분하지 않는 남자였지만, 조선의 홍대용이 책으로만 접하던 이국의 선비들과 교우를 나누었다는 사실은 크나큰 충격으로 다가왔다. 그 이전에는 그런 일이 가능하리라고 생각조차 해 본 적도 없었다. 그때의 신선한 충격은 남자가 쓴 글에 여과 없이 그대로 기록되었다.

홍대용이 어느 날 갑자기 말 한 필을 타고 사신을 따라 중국에 갔다. 시가를 이리저리 돌아다니고 너절한 골목을 기웃거리던 그는 마침내 항주에서 온 선비 세 사람을 만나게 되었다. 그들이 머무는 곳으로 가 마치 옛 친구를 만난 것처럼 즐겁게 이야기를 나누었다. 천인天人과 성명性命의 근원이며, 주자학朱子學과 육왕학陸王學의 차이며, 진퇴進退와 소장消長의 시기며, 출처出處와 영욕榮辱의 분별 등을 마음껏 토론했다. 고증하고 증명함에 있어서 의견이 일치하지 않는 것이 없었으며, 서로 충고하고 이끌어 주는 말들이 모두 지극한 정성과 염려하고 걱정하는 마음에서 우러나왔다. 그래서 처음에는 서로 벗을 삼기로 약속했다가 마침내 결의하여 형제가 되었다. 서로 그리워하고 좋아하는 감정이 여자를 좋아하는 것과 같았고, 서로 저버리지 말자고 굳은 맹약을 맺었으니 그 의기가 사람을 눈물겹게 만들었다.

아, 우리나라와 오吳의 거리는 몇 만 리에 이르니 홍대용이 세 선비와 다시 만날 수는 없을 것이다. 그런데 궁금증이 하나 생긴다. 우리나라에 있을 때는 한마을에 살면서도 주위 사람들을 모른 체하는 경우가 제법 많았다. 그런데 지금은 만 리나 먼 나라 사람과 사귀었으니 이는 도대체 무슨 까닭인가? 우리나라에 있을 때는 언어와 복색이 똑같아도 서로 벗하려 하지 않더니 이제 와서 느닷없이 언어가 다르고 복색이 다른 속인들과 서로 마음을 허락함은 도대체 무슨 까닭인가?

홍대용이 우수 어린 표정을 짓더니 이렇게 말했다. "내 감히 우리나라에 벗할 만한 사람이 없어서 벗하지 못한다는 것은 아니오. 실로 처지에 제한되고 습속에 구속되어 그런 것이니 마음속이 답답하지 않을 수가 없소. 내 어찌 중국이 옛날 중국이 아니며 그 사람들이 이전의 제도를 그대로 따르지 않는다는 것을 모르겠소? 그러나 그럼에도 그 사람들이 살고 있는 땅은 요순과 주공, 그리고 공자가 밟던 땅이고, 그 사람들이 사귀는 선비들은 고대 여러 나라들을 널리 보고 멀리 노닌 선비들이고, 그 사람들이 읽는 글들은 오래 전부터 전해 내려오는 오래된 책들이라는 사실은 바뀌지를 않소. 제도는 비록 바뀌었으나 도의는 달라지지 않았으니, 이른바 옛 중국이 아닌 지금 중국에도 그 나라의 백성으로는 살고 있을망정 그 나라의 신하가 되지 않은 사람이 어찌 없겠소? 그렇다면 저들 세 사람이 나를 볼 때에도 화華가 아닌 이夷라고 차별하며 자신들의 위엄이 손상될까 꺼리는 마음이 어찌 없을 수가 있겠소? 하지만 그들은 그렇지 않았소. 번거롭고 까다로운 예절 따위는 타파해 버리고서 진정을 토로하고 간담을 피력하니, 그 통이 매우 큰 점으로 볼 때 어찌 명성과 세리勢利를 좇느라 쩨쩨하고 악착스러워진 자들이겠소?"

말을 마친 홍대용은 세 선비와 필담한 것을 모아 세 권으로 만든 책을 꺼내어 내게 보여 주며 말했다. "그대가 서문을 써 주시오."

나는 그 책들을 다 읽고 난 후 이렇게 감탄했다. "홍군은 벗을 사귐에 있어 통달의 경지에 이르렀군. 내 지금에야 벗 사귀는 도리를 알았도다. 그가 누구를 벗하는지 살펴보고, 누구의 벗이 되는지 살펴보며, 또한 누구와 벗하지 않는지를 살펴보는 것이 바로 내가 벗을 사귀는 방법이다."[11]

남자의 마음속에 청나라가 본격적으로 자리한 것은 그때부터였다. 그 뒤로 남자는 청나라를 다녀올 기회를 잡기 위해 노력했지만 생각처럼 기회가 쉽사리 다가오지는 않았다. 남자가 허송세월을 보내는 사이 다른 벗들은 하나둘 청나라를 보고 돌아왔다. 1776년에는 유득공의 숙부인 유금이 사은사를 따라 청나라에 다녀왔다. 유금은 이덕무, 박제가, 유득공, 이서구의 시를 묶은 『한객건연집』을 지니고 갔는데, 그 시집을 접한 중국 선비들의 반응은 상상 이상으로 뜨거웠다. 어릴 적부터 가까웠던 벗인 나걸 또한 동지사행에 포함되어 청나라에 다녀왔다. 남자는 개성까지 따라가 전별시를 읊는 것으로 아쉬움을 달랬다. 두 해 뒤에는 이덕무와 박제가가 나란히 청나라를 다녀왔고, 유득공마저 해가 바뀌기도 전에 청나라로 갔다.

벗들 가운데 청나라 땅을 밟아 보지 못한 이는 남자뿐이었다. 그럴 만한 이유가 있기는 했다. 정적 홍국영을 피해 연암협에 떠밀려 가듯 내려간 탓에 제 나라 땅도 마음대로 밟아 보지 못하던 시절이 남자에게는 엄연히 존재했으므로.

그렇다면 그 유배 아닌 유배의 땅에서 남자는 무엇을 했던가? 말을 키우고 뽕나무를 심겠다고 다짐했던 남자였다. 그러나 말뿐이었다. 남자는 노동보다는 사념에 익숙했다. 남자는 그 거칠고 황량한 땅을 거닐며 너무 넓어 끝이 보이지도 않는다는 드넓은 청나라 땅을 그리워했다. 텅 빈 책장을 보면서는 사람이 만든 책 치고 없는 게 없다는 유리창을 그리워했고, 허물어진 옛 성터를 거닐면서는 보기만 해도 그 규모와 화려함에 입이 절로 벌어진다는 황성을 그리워했고, 하염없이 벗이 보고

파 주체할 수 없는 순간에는 공자와 주자의 뜻을 이어받아 기개와 학문이 하늘을 찌를 이국의 선비들을 그리워했다. 도달할 수 없는 나라에 대한 그리움을 달래는 방법은 오직 한 가지였다. 자신보다 앞서 청나라를 다녀온 이들이 남긴 기록을 읽는 것, 발로 걷는 대신 눈으로 읽고 머리로 상상하며 청나라를 체험하는 것, 오직 그 한 가지였다.

다행스럽게도 기록은 차고 넘쳤다. 다른 한편으로는 기록은 너무도 부족했다. 차고 넘치는 것과 부족한 것이 어떻게 공존할 수 있나? 차고 넘친다는 것은 기록의 양이었다. 부족하다는 것은 기록의 질이었다. 많은 이들이 청나라를 다녀왔지만 열에 아홉은 안대로 눈을 가리고 다녀오기라도 한 듯 모호하고 부정확한 정보만 남발했다. 출발부터 도착까지의 과정을 지루하게 늘어놓을 뿐, 자신이 무엇을 보고 들었는지를 제대로 알고 있지 못한 경우가 대부분이었다. 열에 하나가 남아 있다는 것이 남자에게는 다행이었다. 그 열에 하나에 드는 것은 김창업의 『연행일기』, 홍대용의 『연기』, 이덕무의 『입연기』, 박제가의 『북학의』였다. 남자는 그 기록들을 읽고 또 읽었다. 각각의 기록들은 기록을 한 저자들만큼이나 뚜렷한 개성을 지녔다. 김창업은 김상헌의 증손이자 김수항의 넷째 아들이다. 보수적인 노론老論의 관점이 섞여 있을 거라 지레짐작하겠지만 기록은 전혀 다른 모습을 보여 준다. 청나라를 편견 없이 바라본 최초의 기록이라 부르기에 모자람이 없었다. 거기에 더해 노론의 대표 인물인 까닭에 남자에게 가장 많은 영향을 준 기록이기도 했다. 홍대용은 사물을 정밀하게 분석적으로 바라보는 장점을 지넜다. 김창업의 시각에 구체성과 날카로움을 더한 게 바로 홍대용이었다. 천주당에 대한 꼼꼼한 기술이 그 좋은 예였다. 홍대용은 김창업이 기술한 천주당에 살아 있는 숨결을 불어넣었다. 이덕무는 이국에서 보고 들은 것을 특유의 개성적인 문체로 그려냈다. 특히 책과 관련된 기록들은 그의 것이 가장 뛰어났다. 박제가는 조선이 청나라를 따라가기 위한 구체적인 방안을 찾고자 하는 결기 하나로 연행록을 완성해 냈다. 벽돌이며 수레며 똥거름이며…… 작지만 중요한 것들에 눈을 뜨게 만든 훌륭한 기록이었다.

남자는 그 기록들을 보면서 자신이 쓸 글의 형식과 내용을 미리 구상했다. 남자의 글은 김창업과 홍대용과 이덕무와 박제가의 장점을 모아 놓게 될 것이었다. 그렇다고 김창업과 홍대용과 이덕무와 박제가의 글의 단순한 합은 아니다. 남자의 글은 종내에는 김창업과 홍대용과 이덕무와 박제가의 글과는 전혀 다른 글이 될 것이다. 그 생각만으로도 남자의 가슴은 벅차올랐다. 그 벅참을 참을 수 없었던 남자는 언제 떠날지도 모르는 연행 길에서의 처신 또한 미리 정해 놓았다.

남의 나라에 다녀온 사람들은 상투적으로 이렇게 말한다. "나는 적국의 사정을 잘 엿보았다. 나는 그 나라 풍속을 잘 관찰했다."

나는 그런 말들을 전혀 믿지 않는다. 남의 나라에 들어간 사람이 어떻게 길가에 다니는 사람을 붙잡고 갑자기 물어보거나 정보를 얻기 위해 찾아갈 곳이 있겠는가. 이것이 첫째로 불가능한 일이다. 운 좋게 기회를 잡았더라도 언어가 달라 잠시 사이에는 하고픈 말을 충분히 다할 수도 없을 터이니, 이것이 둘째로 불가능한 일이다. 대화를 나누었더라도 그 나라 사람과 외국 사람은 이미 서로의 처지가 달라 아무래도 염탐을 한다는 혐의를 받게 될 것이니 이것이 셋째로 불가능한 일이다. 대화를 나누는 수준이 얕으면 실제 사정을 얻지 못할 것이고, 그렇다고 대화를 너무 깊숙하게까지 주고받으면 그 나라에서 꺼리는 일을 범하기 쉬우니, 이것이 넷째로 불가능한 일이다. 묻지 않아야 될 일을 물으면 무슨 정탐이나 하는 것처럼 될 터이니, 이것이 다섯째로 불가한 일이다. "그 직위에 있지 않으면 그에 대한 정치를 꾀하지 말라"는 『논어』의 말은, 자기 나라뿐만 아니라 외국에서도 꼭 지켜야 할 도리이다. "그 나라에서 크게 금지하는 것이 무엇인지 물어본 연후에 그 나라에 들어가 거처해야 한다"고 『예기』에서 말했으니, 하물며 대국에 대해서는 더 말할 필요도 없겠다. 이것이 여섯째로 불가능한 일이다.

그 나라의 장수와 재상들의 잘나고 못난 것, 풍속의 좋고 나쁜 것, 만주족과 한족의 등용되고 소외되는 것, 과거 명나라의 사정 등은 더군다나 함부로 물어서는 안 될 내용이다. 돈, 곡식, 군사, 산천, 지형 등과 같은 문제는 그리 큰 관계가 없어 보일 수도 있다. 하지만 이에 대해서도 말하지 않는 것이 마땅하다. 그 이유가 무엇인가? 돈과 곡식은 그 나라의 허실에 관계된 일이고, 군사는 나라의 강약에 관계된 일이고, 산천과 지형은 관문과 요새에 관계되는 일이기 때문이다. 그러므로 이것들에 대한 이야기를 나누어서는 안 되는 것이다.[12]

그러나 기록들로도, 다짐들로도 그의 외로움과 그리움은 달래지지 않았다. 당연한 일이었다. 조선 땅을 떠나기 전에는, 청나라 땅에 발을 들여놓기 전에는 결코 달래지지 않을 짙고 깊은 외로움과 그리움이었다. 아니다. 떠나도 여전히 사라지지 않을 외로움과 그리움일지도 몰랐다. 그것들은 남자의 속에 깊숙이 숨어 사라질 수 없는 것들이었다. 그렇다. 남자는 연암협에 머물면서 그만 이러지도 저러지도 못하게 만드는 외로움과 그리움의 심연과 마주하고 말았던 것. 그 당시 남자의 마음은 한동안 군말 없이 웅크리고 있다가 청나라에 가서야 잠깐 동안이나마 표출되었다.

천하에 자신을 진정으로 알아주는 사람이 단 한 명이라도 있다면 그에게는 여한이 없을 것이다. 사람들은 자기 주위에 그런 사람이 있는지 살펴보다가 한 명도 없다는 사실을 깨달으면 때로 큰 바보가 되거나 미치광이가 되고 만다. 그런 처지를 모면할 방법이 있기는 있다. 내가 아닌 남의 처지에서 나를 살펴보는 것이 중요하다. 그래서 나라고 하는 사람이 만물과 조금도 다를 바 없다고 느껴야만 몸놀림이 자유로워져서 여유를 되찾고 거리낌 없이 행동할 수 있다. 성인들은 이런 방법을 사용했으므로 세상을 버리고 은둔하여도 고민하지 않았으며, 외롭게 혼자 있어도 두려움에 빠져들지 않았다.
　공자는 "남들이 자신을 알아주지 않아도 화를 내지 않는다면 군자답지 않겠는가?"라고 했으며, 노자는 "나를 알아주는 사람이 드물다면, 아마 나는 귀한 존재일 것이다"라고 했으니,

그들은 남들에게 자신의 존재를 일부러 알리고 싶지 않았던 것이다. 그래서 가끔은 옷을 바꿔 입거나 용모를 바꾸기도 하며, 심지어는 이름을 바꾸어 버리기도 한다. 이것이 성인, 부처, 현인, 호걸들이 이 세상에 구애되지 않고 세상을 가볍게 여긴 방법이고, 천하를 다스리는 왕의 자리를 준다 해도 굴하지 않을 수 있었던 까닭이다. 물론 이때, 천하에 한 사람이라도 자신을 아는 사람이 있다면 자신의 행적을 드러내지 않으려는 생각은 그만 실패로 돌아가고 만다. 그러나 정말 그 사람의 속사정은 과연 어떠했을까? 비록 겉으로는 그렇지 않은 척해도 미상불 천하에 한 사람쯤은 자신을 알아주는 사람이 있기를 속으로는 분명히 기대했을 것이다.[13]

　그 당시 남자에게 가장 큰 위안을 준 사람, 자신의 마음을 알아주는 천하의 단 한 사람은 바로 홍대용이었다. 남자가 홍대용을 만나러 간 것도 아니었고, 홍대용이 남자를 보러 온 것도 아니었다. 남자는 궁벽한 연암협에서 벗들을 보고 싶어 하지 않았다. 벗들 또한 고립을 원하는 남자의 마음을 제대로 읽고는 일부러 남자를 홀로 내버려 두었다. 그렇다면 홍대용은 어떤 방법으로 자신의 마음을 드러냈고, 남자는 어떻게 위안을 얻었을까? 답은 바로 편지였다.
　"산중에 계시니 밭을 사서 농사를 짓지 않을 수 없을 테지요. 또한 당연히 책을 저술하여 후세에 전해야 할 것입니다."
　편지와 함께 도착한 것들이 있었다. 얼룩소 두 마리, 농기구 다섯 가지, 줄 친 공책 스무 권, 돈 200냥. 그 자체로도 귀중한 것들이지만, 남자가 인생에서 가장 어려운 시기를 보내고 있었다는 사정을 감안한다면, 그것들은 값으로 계산할 수 없는 보물과도 같은 것들이었다. 남자는 뽕나무를 심고, 밭을 일구며, 말을 키울 구상을 하며 보고 싶어도 만날 수 없는 벗들과 뜻이 있어도 가 볼 수 없는 땅에 대한 생각을 거듭했다. 그 즈음의 고민이 남자가 홍대용에게 보낸 편지에 그대로 드러나 있다.

형암, 초정 등이 관직에 발탁된 것은 가히 특이한 일이라 하겠습니다. 태평성대에 진기한 재주를 지니고 있으니 자연히 버림받는 일이 없겠지요. 이제부터 하찮은 녹이나마 얻게 되어 굶어 죽지는 않을 터입니다. 어찌 사람에게 허물 벗은 매미가 나무에 달라붙어 있거나 구멍 속의 지렁이가 지하수만 마시듯이 살라고 요구할 수야 있겠습니까.

다만 걱정되는 것이 한 가지 있습니다. 그들은 귀국한 이래로 안목이 더욱 높아져서 가끔은 교만한 느낌까지 줍니다. 한번은 형암, 초정, 혜풍(유득공)을 함께 만났는데 이야기 끝에 혜풍이 나에게 길에서 천자를 보았다고 자랑을 했습니다. 왼쪽에 천자기天子旗를 세우고 누런 비단 덮개를 씌운 수레에다 수천 대의 수레와 수만 명의 기병이 뒤따르는 광경은 마치 벼락이 치는 듯 귀신이 조화를 부리는 듯 으리으리하고 번쩍번쩍했다고 하더군요. 거기다 천자는 친히 말을 멈추고 고삐를 당긴채, 조선 사람들을 불러 자신을 우러러보도록 시키기까지 했다고 합니다. 신이 난 유득공은 천자의 모습을 실감나게 묘사했습니다. 그의 우뚝 솟은 코는 두 눈썹 사이까지 쭉 뻗었고, 눈

꼬리는 몹시 길어 귀밑머리 부분까지 옆으로 뻗쳤으며, 턱수염
은 덤불 같고 광대뼈는 불끈 튀어나왔다고 말했습니다. 가만
히 듣던 제가 "진시황의 복사판일세" 했더니, 혜풍이 깜짝 놀라
"어찌 그런 줄 아십니까?" 하고 물었습니다. 그래서 제가 "이미
『삼재도회』의 제왕상帝王像을 보고 알았네" 하고 대답했습니다.
형암, 초정, 혜풍은 유쾌한 웃음을 터뜨렸지만 그 후로 제 앞에
서 다시는 중국의 장관에 대해 설레발을 치지 않았습니다.

　이 세 사람은 검서로 함께 지내면서 늘 만나고 품은 뜻도 같
기 때문에 전부터 사람들의 시기와 원망이 끊이지를 않았습니
다. 요즈음은 더 심하다고 하나, 그들의 행실을 보면 그에 대해
그리 괴이하게 여길 까닭이 없습니다. 시기와 원망이 없다 하
더라도 스스로 경계하고 삼가야 할 사람들이 바로 그들입니다.
일은 어렵고 임금까지 가까운 곳에서 모시고 있으니, 서적의
교열에만 전념해야 마땅하지 않겠습니까? 편지를 보내 제 뜻을
전하기는 했지만 어찌 될지는 모르겠습니다. 형암이야 세심한
지라 스스로 조심할 터이지만, 초정은 재기를 드러내고 자기만
옳다고 고집하니 어찌 능히 그 뜻을 알겠습니까?

　저는 지금 시골 오두막집에 영락해 있는 처지라 산 밖의 일
은 자주 듣지도 못할 뿐만 아니라 묻지도 않습니다. 그들의 일
에 상관할 바는 없으나, 다만 평소 사랑하고 아끼는 마음이 있
기는 형과 사뭇 같기에 편지를 쓰면서 자연히 언급하게 된 것
입니다. 그 사이에 그들과 서신 왕래가 있었는지, 그 친구들이
중국을 다녀오면서 쓴 일기를 이미 완성하여 보여 주었는지 궁
금합니다.[14]

남자는 그 편지를 생각하며 쓸쓸한 웃음을 지었다. 졸렬한 편지 속에 지칠 대로 지친 심경이 너무도 노골적으로 드러나 있기 때문이었다. 자신보다 먼저 청나라를 다녀온 이덕무, 박제가, 유득공에 대한 은근한 질투, 홍대용에 대한 질펀한 호소를 다시 떠올리는 것만으로도 얼굴이 붉어질 지경이었다. 그러나 남자는 스스로를 용서해 주기로 했다. 그 당시에 그는 연암협, 그 자신의 표현에 따르자면 연암협 오두막집에 영락한 채로 처박혀 있는 처지였으므로.

연암협에 은거하는 시기가 조금만 길어졌다면 남자의 인생은 오두막집보다도 더 처참하게 영락해 버렸을 것이다. 영락을 넘어서 아예 불길에 들어갈 날만 기다리는 장작 신세가 되었을 것이다. 다행히도 남자가 그리움과 외로움과 자괴감, 이유 없는 분노와 인정에의 호소에 완전히 사로잡히기 전에 때맞추어 홍국영이 실각했다. 꽉 막혔던 물길이 뚫리자 남자의 또 다른 소원도 함께 이루어졌다. 꿈에 그리던 청나라 땅을 드디어 밟게 된 것이었다.

남자를 조선 땅에서 벗어나게 해 준 이는 남자의 삼종형인 금성위 박명원이었다. 1780년 5월에 출발하는 사행의 정사로 임명된 박명원은 남자를 자신의 자제군관으로 삼아 사행단에 포함시켰다. 그러니 남자의 청나라 체험에 있어 일등공신은 박명원이라 할 수 있겠다. 다르게 생각할 수도 있다. 박명원을 정사로 임명한 것은 임금이니, 임금이야말로 일등공신이라 할 수 있겠다. 다르게 생각할 수도 있다. 사행단이 파견된 것은 청나라 황제의 70회 탄신을 축하하기 위함이니, 황제야말로 일등공신이라 할 수 있겠다. 누가 일등공신인지를 가리는 것은 실은 전혀 중요한 문제가 아니었다. 박명원이어도 좋고, 임금이어도 좋고, 황제여도 좋다. 중요한 것은 그 덕분에 남자가 비로소 조선 땅을 떠나 볼 수 있게 되었다는 사실이다. 그 사실의 중요성에 비한다면 나머지는 사소하고 사소하고 또 사소할 뿐이었다.

6

날이 어두워졌다. 산골짝의 어둠은 늘 생각보다 빠르게 찾
아오는 법이다. 다른 이들이 들으면 기괴하다 말하겠지만, 남
자는 그것 또한 자신이 수시로 연암협을 찾아오는 이유 중 하
나로 들 수 있겠다는 생각을 했다. 다시 불일봉을 바라보았다.
이제 불일봉은 희미한 형체로만 존재했다. 조금 지나면 저 희
미한 형체마저 완전히 사라져 깊은 어둠에 묻힐 터였다. 아니
었다. 남자의 생각이 틀렸다. 잠시 후 불일봉은 대낮처럼 환하
게 밝아졌으므로.

그 극적인 변신에 깜짝 놀란 남자는 바위에서 벌떡 일어나
불일봉을 보았다. 눈을 가늘게 뜨고 자세히 보며 깨달음을 얻
었다. 불일봉인줄 알았던 봉우리는 실은 불일봉이 아니었다.
불일봉을 꼭 닮은 봉우리였다. 백마산성 서편에 자리한 바로
그 봉우리였다. 달라진 것은 낮과 밤뿐이 아니었다. 사람들이

몰려오는 소리가 들렸다. 정사 행렬이 깃발을 펄럭거리며 성을 나와 구룡정에 도착했다. 부사 행렬이 성을 나와 구룡정에 도착했다. 남자의 모습도 보였다. 남자는 말고삐를 잡고 천천히 뒤를 따라 마지막으로 구룡정에 도착했다. 구룡정은 바로 청나라로 향하는 배가 출발하는 곳이다.

타고 건널 배는 모두 다섯 척이었다. 한강의 나룻배와 비슷했으나 조금 더 컸다. 예물과 인마를 먼저 건너가게 하는데, 정사가 탄 배에는 중국에 올릴 공문서와 수석 역관 이하 상방에 딸린 권솔들이 탔고, 부사와 서장관 및 딸린 권솔들이 한 배에 탔다.

물살이 빨랐으나 사공들이 일제히 뱃노래를 부르며 힘을 쓰고 공을 들이는 바람에 배가 유성처럼 번개처럼 빠르게 나아갔다. 마치 새벽이 밝아오는 것처럼 황홀했다. 멀리 통군정의 기둥과 난간이 팔방으로 앞다퉈 빙빙 도는 것 같고, 배웅 나온 사람들은 아직 모래언덕에 서 있는데 아득하여 마치 콩알처럼 보였다. 남자는 수석 역관인 홍명복 군에게 느닷없는 질문을 던졌다. "자네, 도를 아는가?"

홍군은 두 손을 마주 잡고 되물었다. "아니, 도대체 그게 무슨 말씀이십니까?"

남자는 이렇게 대답했다. "도란 알기 어려운 게 아닐세. 바로 저기 강 언덕에 있는 게 바로 도일세."

홍군이 고개를 갸우뚱하며 물었다. "이른바, 『시경』에 '먼저 저 언덕에 오른다'라는 말을 이르는 것입니까?"

남자는 고개를 저었다. "그것을 말하는 게 아닐세. 압록강은

바로 우리나라와 중국의 경계가 되는 곳이라네. 그 경계란 언덕이 아니면 강물이네. 무릇 천하 인민의 떳떳한 윤리와 사물의 법칙은 마치 강물이 언덕과 서로 만나는 피차의 중간과 같은 걸세. 그러므로 도라고 하는 것은 다른 데가 아니라 바로 강물과 언덕의 중간 경계에 있는 것이지."

홍군의 표정이 알쏭달쏭해졌다. "무슨 말씀이신지 모르겠습니다. 다시 한 번 설명해 주셨으면 합니다."

남자는 긴 설명을 덧붙였다. "『서경』에 '인심은 오직 위태롭게 되고 도심은 오직 희미해진다'고 했네. 서양 사람들은 기하학에서 하나의 획을 분별하여 하나의 선으로 깨우치기는 했으나, 그 미약한 부분까지 논변하고 증명할 수는 없어서 그저 '빛이 있고 없는 그 사이'라고 말했고, 불교에서는 그 즈음에 임하는 것을, '붙지도 않고 떨어지지도 않았다'고 말했다네. 그러므로 그 즈음에 잘 처신함은 오직 도를 아는 사람만이 능히 할 수 있는 것일세. 정나라 자산이란 사람이……."

배가 건너편 언덕에 닿았다. 홍군은 남자의 궤변에서 벗어나게 되어 다행이라는 듯 서둘러 배에서 내릴 준비를 했다. 남자는 배에서 내리려다 문득 뒤를 돌아보았다. 남자가 본 것은……

"남자가 본 것은 무엇이었는가?"

목소리의 질문을 받고서야 남자는 눈을 떴다. 감정이 고조되어 가던 순간에 갑작스러운 질문 하나만을 남기고 목소리는 떠나갔다. 벌판에는 목소리가 남기고 간 큼지막한 발자국이 선명하게 찍혔다. 그러나 이제 제법 굵어진 눈발은 순식간에 목소리가 남긴 발자국을 지워 버렸다. 남자는 손등으로 거칠게 눈을 비볐다. 자신이 있는 곳이, 자신이 보고 있는 곳이 어디인지 도무지 알 수가 없었다. 남자는 벽오동관에 있었고, 세심정에 있었고, 연암서당에 있었고, 불일봉이 보이는 바위에 앉아 있었고, 청나라로 향하는 배에 있었다. 그런데 지금 남자가 있는 곳은 그중 어느 곳도 아니었다. 남자가 현실 감각을 되찾기까지는 한참의 시간이 더 걸렸다. 마침내 현실로 무사 귀환한 남자는 이제는 흔적조차 찾을 길이 없는 발자국을 보며 목소리가 남긴 마지막 질문을 생각했다. 그가 배에서 내리기 전에 본 것이 무엇이었는지를, 불일봉을 보며 생각한 것이 무엇이었는지를, 박남수의 집에서 폭음하며 생각한 것이 무엇이었는지를, 젊은 벗 남공철이 남자에게 편지를 보내온 까닭이 무엇이었는지를 생각했다.

생각은 많았고 머리는 복잡했으나 답은 없었다. 답은 과연 어디에 있는 것일까? 강물과 언덕의 중간 경계에 있는 것일까? 불일봉과 불일봉을 닮은 봉우리 사이에 있는 것일까? 재가 되어 버릴 수도 있었던 원고와 꺼져 버린 촛불 사이에 있는 것일까? 편지를 보내온 벗과 나누었던 교우와 그럼에도 결국 그가 부쳐 버린, 겉으로는 다정하나 속으로는 무정하기 그지없는 한 통의 편지 사이에 있는 것일까? 그도 아니라면 편지를 읽고 상념에 잠겨 있는 남자와 지난 이야기를 해체해 자기 식으로 다시 구성해 들려준 목소리 사이에 있는 것일까?

어느 것 하나 만족스럽지가 않았다. 남자는 신발을 신고 눈 내리는 마당으로 내려섰다. 남자는 걸었다. 이제는 사라져 버린 그림자의 발자국을 따라 걸었다. 물론 남자가 걷는 길이 그림자가 걸었던 길인지 그림자가 걷지 않았던 길인지는 확실치가 않았다. 따지고 보면 발자국이 있었는지, 아니 그 이전에 목소리가 있었는지도 확실치가 않았다. 아무래도 좋았다. 눈길을 걷는 남자의 머릿속에는 이제 다른 문장이 자리를 잡고 있으므로. 인심은 오직 위태롭게 되고 도심은 오직 희미해진다. 하여 이제 그는 그 인심과 도심 사이의 거리를 생각하느라 다른 모든 것들을 다 잊어 가고 있으므로.

2장

편지가 오게 된 곡절

1

임금은 요즈음의 문체가 비속하다고 여러 차례 불만을 토로한 바 있다. 마침내 말씀을 내려 사신을 책망하여 패관소설을 엄금하고, 또 여러 검서관들에게는 괴이한 글을 쓰는 데 힘을 기울이지 말라 타이르기에 이르렀다. 성대중이 북청부사로 임명된 것은 그 홀로 임금이 원하는 글을 썼기 때문이다. 그에게 여러 차례 상을 주다가 북청부사로까지 임명한 임금은 내각에 명하여 술자리를 열도록 해서 그의 출발을 영광스럽게 하도록 했다. 서영보, 남공철 두 직각과 승지 이서구가 참석했다. 검서관으로서는 나(유득공)와 무관(이덕무)이 참석했으니 지극한 영예가 아닐 수 없다. 이날 남공철은 임금의 뜻으로 편지를 써서 안의현감 박지원에게 보냈다.

"『열하일기』는 내가 이미 읽어 보았다. 다시 순수하고 바른 글을 짓되 길이가 『열하일기』와 비슷하고 회자되기가 『열하일기』와 같이 될 수 있으면 괜찮겠지만 그렇지 못하면 벌을 내릴 것이다."

연암은 이미 약관에 문명을 얻어 그 이름이 서울에 떠들썩했다. 하지만 낙척해서 과거를 보지 않고 지내다가 연경에 사신으로 가는 집안 형 금성위 박명원을 따라 열하에 갔다 돌아와서 일기 20권을 지었다. 탄식과 웃음, 노여움과 꾸짖음에다 우언을 섞었다. 「상기」, 「호질」, 「야출고북구기」, 「일야구도하기」 등의 글은 극히 해학적이고 기이하여 사대부들이 전하고 베끼고 빌려 보는 것이 여러 해 이어졌다. 이 책이 마침내 임금에게까지 들어가서 위와 같은 분부가 있게 된 것이다.

연암은 평소 우리와 가까운 분이다. 그는 일기를 짓고 나서는 그 이전에 지은 글을 모두 없애 버렸다. 그의 생각은 아마 이러했으리라. '이 일기가 있으면 나머지는 꼭 전할 것도 없겠다.'

걱정이 앞선다. 지금 시골에서 현감을 지내고 있는 연암이 갑자기 장중한 작품을 쓰는 것은 쉽지 않을 것이고, 20권을 채우기란 더더욱 어려울 것이다. 장중한 작품이란 또 널리 회자되기가 쉽지 않은 법이다. 그런 것을 불후의 작품으로 만들기란 불가능에 가깝다. 천하에 낭패한 사람으로 연암 같은 이가 없다. 나와 무관은 이 일에 있어서는 아무짝에도 쓸모가 없다.'

또 다른 편지 한 통이 왔다. 유득공이 보낸 것이었다. 그런데 유득공의 편지는 편지가 아니었다. 안부 인사도 없었고, 근황을 묻지도 않았고, 억울한 속내를 털어놓지도 않았다. 편지라기보다는 규장각에서 열린 북청부사 성대중의 송별연을 기술한 감상문이라 부르는 것이 차라리 더 옳을 터였다. "나와 무관은 이 일에 있어서는 아무짝에도 쓸모가 없다"는 자책에 이르러서는 남자는 아예 너털웃음을 터뜨렸다. 그러나 웃기는 웃었으되 기실 그 웃음은 웃음이 아니었다. 다만 그렇게 말고는 어찌 심사를 표현해야 할지 몰랐기에 지은 억지웃음이었다. 유득공과 이덕무가 지었을 우울한 표정이 너무도 눈에 선했다. 그 우울함을 도대체 무엇으로 위로할 수 있을 것인가? 남자는 이내 웃음을 거두었다. 유득공의 편지 말미에 이덕무가 그날 지은 시의 한 부분이 첨부된 것을 뒤늦게 발견했기 때문이다.

성 부사는 근면勤勉에 남음이 있어
글을 토하매 더욱 순박하고 혼후하네.
우리는 근면이 부족했으니
한번 변하여 근본 회복하기 기약하네.[2]

비로소 궁금증들이 일었다. 유득공은 왜 편지라기보다는 감상문에 가까운 글을 남자에게 보낸 것일까? 문서의 끝에 이덕무의 시를, 그것도 전문이 아닌 일부를 덧붙여 보낸 이유는 무엇일까?

남자가 그 이유를 짐작하기는 어렵지 않았다. 유득공은 글에다 자신의 분노를 담은 것이었다. 숙부인 유금과 함께 온화하기로 이름 높은 유득공이었지만 자신들과 다를 바 없다고 여겼던 서얼 성대중이 다른 것도 아닌 '순정한' 글 하나만으로 북청부사에 올랐다는 사실은 좀처럼 받아들이기 어려운 시련이었다. 그가 첨부한 이덕무의 시에서도 그 좌절은 숨을 생각도 하지 않은 채 명확히 얼굴을 드러내고 울부짖었다. "우리는 근면이 부족했으니 한번 변하여 근본 회복하기 기약하네."

　근면이 문제인 걸까? 근면하기로 치면 이덕무를 빼놓을 수 없다. 눈이 빠지도록 책을 읽고, 원고를 교정하고, 다른 책을 베껴 쓰는 것으로 하루를 시작해 하루를 마감하는 이덕무였다. 술을 마시고 싶으면 책을 팔아 술을 먹고, 추위가 닥쳐오면 책을 이불 삼아 덮을 정도로 책과 글을 떠나서는 삶 자체를 논할 수 없는 이덕무였다. 그런데도 이덕무는 근면이 부족했다고 자책하고 있다. 거기에 더해 자신을 바꾸어 근본을 회복할 날을 바란다고 쓰고 있다. 물론 어느 정도는 이덕무의 진심이 담겨 있을 것이다. 예의 바른 이덕무는 서얼인 자신을 받아준 임금에 대한 고마움을 숨기지 않았다. 자신의 일에 불만이 많은 박제가와는 달리 임금의 은혜를 진심으로 갚기 위해 노력하는 사람이 바로 이덕무였다. 그런 그가 임금에게 자신의 장기인 글로써 아무런 도움도 주지 못하고 있는 상황이었으니 진정으로 스스로를 비루하게 여기는 것도 무리는 아니었다.

　"어리석은 사람."

　남자는 하늘을 보며 탄식을 내뱉었다. 이덕무를 비난하는 게 아니라 안타까움을 토로하는 것이었다. 책 읽고 글 쓰는 일에 온 열정을 바쳤으면서도 정작 근면이 부족했다고밖에 말할 수 없는 사람, 더 이상의 근면이란 있을 수 없다는 것을 알면서도 자신을 바꾸겠다고밖에 말할 수 없는 사람, 그 헛된 미래를 담은 문장을 제 손으로 묵묵히 써 내려갈 수밖에 없었던 사람에 대한 안타까움이었다.

유득공은 또 어떠한가? 청나라에서 목격한 수레의 우수성에 대해 역설하며 어서 그 제도를 도입해야 한다고 말하던 남자의 말을 들은 그는 쓸쓸한 목소리로 자신의 의견을 개진했다. "그 거야 위에서 시행하자고 하면 언제라도 할 수 있는 일 아니겠 습니까? 다만 우리나라는 체면을 몹시 중시합니다. 하급 관리 가 높은 사람을 만나면 말에서 내리는데, 뜻하지 않은 데서 마 주치면 부랴부랴 좁은 골목으로 피해 들어갑니다. 그런데 만약 수레를 탄 자에게 말에서 내리는 예를 요구한다고 생각해 보십 시오. 그러면 중간 중간 내려야 하는 일이 너무도 빈번할 텐데 누가 그 번거로움을 감수하고 수레를 타겠습니까?"

남자는 제도만 보았지만 유득공은 그 뒤에 버티고 있는 엄 격한 신분제도가 문제의 핵심임을 본 것이다. 서얼의 처지가 아니고서는 관찰하기 힘든 사항이었다. 남자는 입술을 깨물어 감정을 추슬렀다. 울분보다는 냉정이 필요한 때였다. 탄식보다 는 대책이 필요한 때였다. 벗들의 연이은 편지가 사정의 다급 함을 대변하고 있었다.

남자는 감정을 억누르고 편지 아닌 편지를 다시 한 번 읽어 나갔다. 곧바로 흥미로운 부분이 눈에 들어왔다. 남자는 어제 받 았던 남공철의 편지를 꺼내 둘을 비교해서 살펴보기 시작했다.

순수하고 바른 글 한 편을 서둘러 써서 『열하일기』의 죗값을 치르 도록 하라 일러라. 제대로 된 글이라면 제학의 자리를 줘도 아깝 지 않을 것이나, 그렇지 않으면 마땅히 중죄를 내릴 것이라는 뜻도 분명히 밝혀라.

『열하일기』는 내가 이미 읽어 보았다. 다시 순수하고 바른 글을 짓되 길이가 『열하일기』와 비슷하고 회자되기가 『열하일기』와 같이 될 수 있으면 괜찮겠지만 그렇지 못하면 벌을 내릴 것이다.

비슷하면서도 달랐다. 순수하고 바른 글을 써서 바치지 않으면 벌을 내릴 것이라는 부분은 동일했다. 그러나 임금이 원하는 글의 성격에는 다소 차이가 있었다. 거기에 더해 글을 써서 바쳤을 경우 누릴 수 있는 혜택이 전자에는 언급되어 있는 반면 후자에는 없었다. 남자는 그 차이가 어디에서 비롯되었는지를 이내 짐작했다. 남공철은 직각이고, 유득공은 검서였다. 남공철은 임금이 개인적으로 내리는 명령을 들었고, 유득공은 임금이 패관소설과 순정한 글에 대한 일반적인 견해를 피력하는 것을 들었다. 전자의 의견이 실제적이고 음험하다면, 후자의 의견은 추상적이고 위협적이었다. 그러므로 일견 혼란스러워 보이는 사태는 다음과 같이 정리할 수 있으리라. 임금은 기회가 있을 때마다 신하들 앞에서 『열하일기』의 문제점을 잊지 않고 피력했다. 그러다가 성대중의 환송연을 계기로 모종의 결심을 굳힌 뒤, 남공철을 시켜 구체적이고 세밀한 명령을 내렸던 것이다. 임금의 구체적이고 세밀한 명령까지는 알 수 없었던 유득공이기에 자신이 그동안 들었던 정보에 근거하여 추정할 수밖에 없었던 저간의 사정이 그의 감상문과 같은 편지에 잘 나타나 있었다. 그렇듯 정보의 질에 있어서는 떨어지지만 남자의 마음을 사로잡은 것은 남공철의 편지가 아닌 유득공의 편지였다. 그 이유는 한 단어로 표현할 수 있겠다. 질박함!

유득공의 편지에는 남자의 형편에 대해 진심으로 염려하는 표현이 가득했다. 이를테면 다음과 같은 부분들.

걱정이 앞선다. 지금 시골에서 현감을 지내고 있는 연암이 갑자기 장중한 작품을 쓰는 것은 쉽지 않을 것이고, 20권을 채우기란 더욱 어려울 것이다. 장중한 작품이란 또 널리 회자되기가 쉽지 않은 법이다. 그런 것을 불후의 작품으로 만들기란 불가능에 가깝다.

마치 남자가 아닌 유득공에게 명령이 떨어진 것 같은 느낌이 들 정도였다. 남자의 『열하일기』를 일말의 의심도 없이 장중하고 불후한 작품으로 간주하는 것도 눈물 나게 고마웠다. 조금 지나치다고 할 정도로 애정을 피력하는 다음과 같은 부분은 또 어떠한가?

연암은 평소 우리와 가까운 분이다. 그는 일기를 짓고 나서는 그 이전에 지은 글을 모두 없애 버렸다. 그의 생각은 아마 이러했으리라. '이 일기가 있으면 나머지는 꼭 전할 것도 없겠다.'

남자는 이 대목에서 미안함을 느꼈다. 생각해 보니 어느 술자리에선가 『열하일기』가 있으니 다른 글들은 하나 필요 없다고 공언한 적이 있기는 했던 것 같다. 그렇기는 하나 다른 글들을 모두 없애 버렸다는 것은 사실과 달랐다. 자신의 흔적을 버린다는 것, 남자에게도 그것은 생각만큼 말만큼 쉽지는 않았다. 잘 썼으면 잘 쓴 대로, 못 썼으면 못 쓴 대로 다 마음이 갔다. 한 장의 글에는 한 조각의 마음이 담겨 있었다. 글을 버리는 것은 그만큼의 마음을 버리는 것인데 글을 쓰는 이로서는 차마 못할 짓이었다. 유득공도 글을 쓰는 사람이니 그걸 모르지는 않았을 것이다. 그럼에도 그로서는 드문 과격한 언사를 내뱉은 이유는 단 하나였다. 『열하일기』에 대해 그는 그만큼 대단한 애정을 갖고 있는 것이다. 불쌍한 사람, 질박한 사람. 남자는 서안을 뒤적여 유득공이 『열하일기』 초고를 보고 썼던 열광적인 찬양의 글을 찾아냈다.

지금 저 연암씨의 『열하일기』로 말하자면, 나는 그게 무슨 책인지 도통 모르겠다. 요동 벌판을 건너서 산해관으로 들어가고, 황금대의 옛터에서 서성거리다가, 밀운성을 경유하여 고북구 장성을 빠져나가, 난하의 북쪽과 열하가 있는 백단현의 북쪽에서 마음대로 구경했다 하니, 진실로 그런 땅이 있기는 있었을 것이다. 또 청나라의 큰 학자들이나 운치 있는 선비들과 교유했다고 하니, 실제로 그런 사람이 있기는 있었을 것이다. 생김새가 사뭇 다르고 옷차림이 다른 사방의 외국인들, 칼과 불을 입으로 삼키는 요술쟁이들, 라마 불교인 황교와 그 승려인 반선, 난쟁이들 등 『열하일기』에 나오는 인물들은 비록 괴상망측하게 생긴 사람들이기는 하지만, 『장자』에서 말하는 도깨비나 물귀신과 같은 그런 부류는 아니다. 『열하일기』는 참으로 대단한 책이다. 진기한 새나 짐승, 아름답고 특이한 나무 하나하나에 대해서도 그 생긴 모습과 특징을 완벽하게 묘사하지 않은 것이 없다. 그러나 몸통의 등이 천 리가 되는 새가 있다든지, 8천 년이나 묵은 신령한 참죽나무가 있다는 등과 같은 장자의 황당한 과장이나 거짓말은 찾아볼 수 없다. 이제야 알겠다. 장자가 지은 외전에는 실제도 있고 거짓도 있지만, 연암씨가 지은 외전에는 실제만 있고 거짓은 없다는 사실을. 그러면서도, 우언을 겸하면서도 끝내 이치를 이야기하는 것으로 귀결시킨 방법은 서로 동일하다는 사실을. 춘추시대의 오패에 비유해 볼까? 장자가 진문공처럼 거짓과 권모술수에 능하다고 한다면, 연암씨는 제환공처럼 정도를 걸었던 인물이라고나 할까?[3]

장자며 진문공이며 제환공까지 등장시키는 대목을 읽자니 얼굴이 제법 두꺼운 남자 역시 부끄러움을 느끼지 않을 수 없었다. 그럼에도 기분이 나쁘지는 않았다. 나쁘기는커녕 감격스럽기까지 했다. 유득공의 기술이 사실이어서가 아니었다. 글 속에 담긴 유득공의 따뜻한 마음 때문이었다. 유득공은 객관적인 분석이 아니라 주관적인 열광을 담아 글을 썼다. 거짓과 권모술수가 넘치는 세상에서도 자신은 남자의 편을 들겠다는 굳은 의지가 담긴 글을 썼다. 남자는 잠시 고민에 잠겼다. 유득공의 글을 새로 고칠 『열하일기』의 서문으로 삼고 싶은 생각 때문이었다. 주저하는 마음도 없지 않았다. 일방적인 열광의 글을, 그것도 서얼 출신의 검서가 쓴 글을 실었다가 문제를 일으키게 될까봐 두려웠다. 세간에서 이덕무, 박제가, 유득공의 글을 검서체라 부르며 비아냥거린다는 사실을 남자는 잘 알고 있었다.

남자의 생각은 달랐다. 물론 그들이 쓴 글이 모두 다 마음에 드는 것은 아니었다. 그들의 처신도 조금은 마음에 걸렸다. 그렇지만 글로만 놓고 보면 검서체라 따로 부를 만큼 차별을 받아 마땅한 글은 분명 아니었다. 생각해 보면 가소로운 일이었다. 그들이 검서가 되기 전, 그들의 곁에는 늘 글 배우는 문생들이 있었다. 그 문생들 중에는 번듯한 가문의 자제들도 많았는데, 배울 때는 선생님, 선생님 하다가도 어느 정도 익혔다 싶으면 고개 한 번 꾸벅여 보이고는 가차 없이 돌아섰다. 돌아섰을 뿐만 아니라 비난에 앞장 서는 것도 실은 그 문생들이었다. 남자는 자기 또한 유유상종 취급받는 게 두려운 게 아니었다. 『열하일기』와 관련되었다는 비난의 말들로 유득공의 마음에 또 다른 상처를 주게 될 것이 실은 더 두려웠다. 안 그래도 이번 일로 큰 충격을 받은 유득공이다. 다음 문장들이 그 마음을 적나라하게 보여 주고 있다.

"천하에 낭패한 사람으로 연암 같은 이가 없다. 나와 무관은 이 일에 있어서는 아무짝에도 쓸모가 없다."

낭패를 겪고 있는 남자, 그리고 그 뒤에서 아무짝에도 쓸모 없다고 자책하는 유득공과 이덕무. 자신의 낭패보다는 그들의 자책이 더 마음 아팠다. 유득공의 표현 그대로, 그 두 사람이 이 문제에 있어서 정신적인 지지를 건네는 것 외에는 아무짝에도 기여를 못하리라고 냉정하게 판단하는 남자 스스로의 생각이 더 마음 아팠다.

2

　남자는 같으면서도 다른 두 통의 편지를 다시 봉투에 넣고
는 『열하일기』를 뒤적거렸다. 생각해 보면 흥미로운 일이었다.
사람들이 너나할 것 없이 입에 담는 남자의 『열하일기』 때문에
임금의 심사가 뿔난 곰처럼 끓고 있는 게 눈에 보이는 것만 같
았다. 생전 겪어 보지 못한 뿔이 솟아나는 고통을 참지 못해 그
날카로운 손톱을 마구 휘두르고 있으니, 앞으로는 어찌 될지
몰라도 일단은 피하고 보는 게 좋겠다고 생각하여 잔뜩 웅크리
고 있는 이들의 모습도 함께 눈에 들어왔다. 손톱은 손톱이겠
으나 곰의 손톱이니 위험할 수도 있는 것이 사실이었다. 그렇
기는 하나 왠지 그 모습이 처연하기보다는 희극적으로 느껴졌
다. 뿔난 곰이라니. 그 곰의 손톱 공격이라니. 남자는 이와 유
사한 장면을 일찍이 목격한 적이 있었다. 그래서 『열하일기』를
이리저리 뒤적거린 것이다. 남자의 손길이 멈추었다. 무겁던

남자의 얼굴에 웃음이 가득했다.

　무슨 일인지 알 수는 없으나 큰 일이 나긴 난 모양이었다. 급하게 옷을 챙겨 입을 즈음에 시대가 급히 달려와 말했다. "지금 즉시 열하로 가야 한답니다."

　변군과 래원이 화들짝 놀라며 물었다. "숙소에 불이라도 났답니까?"

　그들을 놀래 줄 속셈으로 농을 퍼부었다. "황제가 열하로 가서 북경이 비어 있는 틈을 노리고 몽고 기병 십만 명이 쳐들어왔다네."

　순진한 그들은 대번 속아서 "으악" 하고 소리를 지른다.

　황급히 사신이 있는 상방에 가 보았다. 숙소인 서관 전체가 물이 끓듯 소란스러웠다. 통관인 오림포, 박보수, 서종현 등은 분주히 왔다 갔다 하는데, 얼굴빛은 하얗게 질리고 두서없이 떠들어대는 모습이 도무지 사람의 형상이 아니었다. 다른 이들의 사정은 그보다 더 심했다. 제 머리를 때리고 가슴을 치며 발을 동동 구르는가 하면, 제 뺨을 치기도 했다. 어떤 사람은 제 목을 스스로 끊는 시늉을 하면서 울며불며 통곡을 해댔다. "아이고, 이제 '카이카이'될 판이다."

　'카이카이'란 목이 달아난다는 말이다. "아까운 모가지가 잘려 나가게 되었네"라고 하며 팔짝팔짝 뛰는 사람도 있었다. 그 이유를 물어볼 수는 없었으나 행동거지들이 몹시도 흉측하고 호들갑스러웠다.

　사정은 이러했다. 황제는 매일 같이 우리 사신이 오기만을 기다렸다. 그러다가 우리가 올린 표자문을 받아 보고 분노했다. 예부에서 조선 사신을 열하로 오게 할 것인지 말 것인지를 묻지도 않고 달랑 표자문만 올렸기 때문이었다. 황제는 그들에게 직분을 다하지 못한 것이라며 분노를 표하고는 감봉 처분을 명했다. 상서 이하 북경의 예부에 있는 사람들은 황공하고 두려워 어찌할 바를 몰라 허둥대다가 마침내는 우리에게 짐을 최소한으로 꾸려 빨리 열하로 떠나라고 독촉한 것이었다.

정사가 머무는 상방에 부사와 서장관이 찾아와 그들이 데리고 갈 비장을 뽑았다. 정사는 주부 주명신을, 부사는 진사 정창후와 낭청 이서구를 지명했다. 서장관은 자신이 데려온 낭청 조시학을 데려가기로 하고, 수석 역관인 첨추 홍명복과 판사 조달동, 판사 윤갑종이 수행하기로 되었다.

나는 함께 가기를 간절하게 바랐으나, 주저하는 구석도 있었다. 몸을 안장에서 푼 지 얼마 되지 않아 여독이 아직 가시지 않았는데 또다시 먼 길을 가는 것을 견딜 수가 없어서였고, 열하에 갔다가 자칫 곧바로 조선으로 귀국하라는 황제의 명이 내린다면 고대하던 북경 유람이 실로 낭패가 되기 때문이었다. 근년에 와서 황제는 우리나라를 끔찍하게 생각하여, 매양 일상을 뛰어넘는 파격적인 명령을 내려 속히 돌아가도록 하는 것을 특별한 은전을 내리는 것으로 간주하고 있으니, 열하에서 바로 조선으로 돌아가라는 명령을 내릴 가능성이 십중팔구였다.

정사가 나를 설득했다. "자네가 만 리 길 북경에 온 것은 유람을 위해서인데, 도대체 뭘 망설이는가? 열하는 우리 이전에는 누구도 가 보지 못한 곳일세. 귀국하는 날에 사람들이 자네

더러 열하가 어떻더냐고 묻는다면 뭐라고 대답할 터인가? 북경이야 사람들마다 모두 와서 보는 곳에 지나지 않네. 열하로 가는 건 천 년에 한 번 만나는 좋은 기회이니, 자네가 가지 않을 수는 없는 것일세."

정사의 말에는 잘못된 구석이 없었다. 나는 드디어 가기로 마음을 먹었다.[4]

그날의 혼란스러우면서도 우스꽝스러운 풍경에서 벗어나지 못한 남자는 여전히 웃음을 머금은 얼굴로 혼자 중얼거렸다. "나도 카이카이될 판인 겐가?"

문체에 대한 임금의 결연한 태도, 혹은 이상할 정도로 경직된 태도는 열하로 떠나던 날의 그 모호한 혼란함을 떠올리게 했다. 갑작스럽게 닥친 임금의 서슬 퍼런 불호령에 당황한 신하들은 불시에 열하 행을 통보받은 사신단처럼 어쩔 줄 몰라 하며 갈팡질팡하고 있는 중이었다. 물론 그 와중에도 확실한 것은 있었다. 임금이 비록 호들갑스러운 태도를 취하고 있지만 이전의 사화士禍처럼 신하들에 대한 대대적인 탄압을 준비하고 있는 것은 아니었다. 문체에 대해 유난을 떠는 배경도 이즈음의 정치적 역학 관계를 조금만 깊게 생각해 보면 짐작 가는 것이 없는 바도 아니었다. 그러므로 누군가가 카이카이될 가능성은 극히 희박하다는 자연스러운 결론에 이르게 되는 것이었다. 그럼 남자는 왜 카이카이를 말하는가? 왜 임금의 명령을 앞에 두고 연관도 없어 보이는 열하로 떠나던 날의 풍경을 떠올리는가?

낮은 층위에서의 답변은 이러했다. 남자가 열하로 가지 않았더라면 이 모든 소란은 일어나지도 않았으리라는 것. 열하로 가지 않았더라면 『열하일기』가 탄생하지도 않았을 것이고, 열하라는 이름이 촉발한 것이 분명한 환상과 흥취도 덜했을 것이고, 그랬더라면 남자의 연행록인 『열하일기』도 지금과 같은 큰 문제를 일으키지 않았을 것이다.

말도 안 되는 답변이라는 것을 남자 스스로도 잘 알고 있었다. 임금은 남자가 열하에 다녀온 것을 문제 삼는 게 아니었다. 임금은 패관소품과 명말 청초 문인에 경도된 순정하지 못한 문체를 문제 삼고 있는 것이었다. 열하에 대해 한마디도 언급하지 않았다고 해도, 아니 아예 청나라에 다녀오지 않았다고 해도 임금의 태도가 별반 바뀌지는 않았으리라는 말이었다.

또 다른 층위에서의 답변은 이러했다. 문체와 관련해서 임금이 취하는 태도와 그 경과는 남자가 열하로 떠나던 날 겪었던 풍경 자체와 놀랍도록 유사했다. 명령은 한밤중에 갑작스럽게 떨어졌고 그것을 예상하지 못했던 신하와 사신들은 벼락이라도 맞은 사람처럼 이리저리 날뛰었다. 물론 그것은 겉으로 드러난 현상일 뿐 임금과 황제의 속내는 달랐다. 임금은 그 시기를 예민하게 조율했고, 황제는 명령이 집행되고 전달되는 과정을 무거운 침묵 속에서 끊임없이 살폈다. 그러나 밑에 있는 자들은 그 속내를 알 수가 없었다. 마른하늘에 벼락이 치고 땅이 흔들리는 갑작스러운 공포로 받아들일 수밖에 없는 이유였다. 물론 앞서도 말했듯 카이카이될 만큼의 공포는 아니었다. 그럼에도 그 공포는 현존하는 공포였다. 그 공포는 임금이나 황제가 마음을 먹는 순간 곧바로 카이카이가 집행될 수 있다는 것에 기인했다. 문체를 바로잡겠다는 마음과 기강을 바로잡겠다는 마음에서 한 발짝만 더 나아가는 순간 카이카이는 두려움과 공포가 아니라 현실이 되는 것이었다.

남자는 허허 헛웃음을 터뜨렸다. 반성의 글, 순정하고 바른 글 하나만 쓰면 될 것을 괜히 카이카이로까지 비약을 시킨 탓이었다. 그럼에도 그 비약이 결코 비약이 아니라는 생각이 자꾸만 든 탓이었다. 남자는 일어나서 들판을 보았다. 눈은 그쳤지만 어제 내린 눈은 차가운 기온 때문인지 녹지 않고 그대로 남아 있었다. 땅을 덮은 그 눈을 보며 사태가 어쩌다 여기까지 이르게 되었는지를 생각해 보았다. 남자가 보기에 이 떠들썩한 소동의 시작은 짧게는 석 달 전으로 거슬러 올라간다.

3

1792년 10월 19일, 임금은 신하들 앞에서 문체에 대한 자신의 생각을 일목요연하게 정리해 밝혔다. 동지정사 박종악과 대사성 김방행을 불러들여 접견하는 형식을 통해서였다. 박종악에게 전교한 내용은 다음과 같았다.

선비라는 자들의 글이 자못 한심하기 이를 데 없다. 내용은 빈약한데 기교만 승해 실로 평온한 세상의 문장 같지 않다. 이러한 폐단의 근원을 뽑아 없애 버리는 가장 좋은 방법은 잡서雜書들을 중국에서 사 오지 못하게 하는 것이다. 이번 사행에는 더욱더 엄히 단속하여 패관소기稗官小記는 말할 것도 없고 경서나 『사기』라도 당판唐板인 경우 절대로 가지고 오지 말도록 하라. 압록강을 건너 돌아올 때 엄중히 조사해서 압수한 것들은 바로 교서관에 보내 널리 유포되는 폐단이 없게 하라.[5]

김방행에게 전교한 내용은 과거 시험과 관련된 것이니만큼 신하들에게 있어 더 실제적이고 위협적인 것이었다.

성균관 시험의 시험지 중에 만일 조금이라도 패관잡기에 관련되는 답이 있으면 비록 전편이 주옥같을지라도 좋은 점수를 주지 말고 그 사람의 이름을 확인하여 과거를 보지 못하도록 하라. 엊그제 유생 이옥의 응제應製 글귀들을 보았다. 순전히 소설체를 사용하고 있는 것을 보고 무척 놀랐다. 동지성균관사로 하여금 일과日課로 사륙문만 50수를 짓게 하여 낡은 문체를 완전히 고친 뒤에야 과거에 응시하게 하도록 하였다. 그런데 그 사람은 일개 유생에 불과하여 관계되는 바가 크지 않지만, 띠를 두르고 홀을 들고 문연文淵에 출입하는 사람들도 이런 문체를 모방하는 자들이 많으니 어찌 크게 안타까운 일이 아니겠는가. 일전에 남공철의 대책對策 중에도 소품을 인용한 구절이 있었다. 그가 누구의 아들인가. 나는 그의 아버지 남유용에게 학문을 배웠는데, 지성으로 가르치고 인도해 주었기에 비로소 글을 짓는 방법을 알았다. 그의 문체는 고상하고 전중하여 내가 무척이나 좋아하는 바다. 그런데 그런 아버지의 아들로서 순정하지 못한 소품의 문체를 본받는다면 어떻게 되겠는가? 남공철의 지제교 직함을 우선 떼도록 하라. 그 밖에 문신들 중에서도 소품을 좋아하는 자들이 상당히 있으나 지금은 한 사람 한 사람 지명하고 싶지는 않다. 앞으로 문신들 중 그런 문체를 쓰는 자들을 자세히 살펴 다시는 교수의 후보자로 추천하지 말도록 하라.[6]

겉으로 보기에 꽤 장황한 전교의 내용은 모든 장황한 것들이 그렇듯 결국은 한 줄로 요약이 가능했다. 패관소품의 문체, 순정하지 못한 문체를 일절 쓰지 말라는 것이었다. 그 한 줄을 위해 임금은 앞뒤로 수많은 말들을 붙여서 화려한 일성을 완성한 것이었다. 남자는 그 전교를 전해 들은 후에 한동안 마음을 잡지 못하고 마당을 서성거렸다. 한 줄로 요약되는 전교의 핵심이 놀라워서가 아니었다. 임금이 패관소품의 문체를 좋아하지 않는 것은 기실 어제오늘의 일이 아니었다. 남자를 놀라게 한 것은 임금이 패관소품의 문체에 대해 갖고 있는 필요 이상의 증오감이었다. 임금은 패관소품의 문체를 금방이라도 세상을 파멸시킬 음흉하고 치명적인 무기로 판단하고 있었다. 박학다식한 군주였다. 글과 책의 가치를 누구보다도 존중하는 군주였다. 밤 새워 책 읽는 것을 밥 먹듯 하는 군주였다. 『사고전서』를 얻기 위해 온갖 수단을 동원하던 군주였다. 그런 군주가 선진 학문의 유입 통로인 청나라로부터의 서책 구입을 막고, 규장각 각신인 남공철의 직함을 떼는, 과격하고도 직접적인, 세련되기보다는 투박함에 가까운 조치를 취한 것이었다. 남공철, 남자는 남공철이 제일 먼저 걸려든 것에 특히 주목했다. 남공철은 임금과 남자 모두와 인연을 맺고 있는 인물 중 하나였으므로.

남공철은 임금의 사부였던 남유용의 아들이다. 사부에 대해 갖고 있는 임금의 존경심은 실로 대단했다. 남공철이 과거에 급제한 직후 임금은 남공철을 불러 권위와 존경을 포함한 아름다운 문장을 그의 귀에 들려주었다. "네가 이제 문과에 급제했

으니 내 마음이 비감하구나. 너의 아비는 내 어릴 적의 스승이
었다."

임금은 스승에 대한 존경심을 수사학적인 언어로 표현하는
것에서 그치지 않았다. 홍문관도 거치지 않은 젊은 남공철을
곧바로 규장각 각신으로 제수함으로써 말이 아닌 행동으로 스
승과 그 가문을 높인 것이다. 그 즈음에 임금이 남공철을 보며
했다는 말이 사람들 사이에 큰 화제를 일으키기도 했다. "너의
풍모가 마치 난새나 봉새 같으니, 진실로 성세의 상서로운 존
재로다."

남공철의 아비인 남유용도 따지고 보면 남자와 무관하다고
는 할 수 없는 사람이었다. 남유용은 남자의 장인인 이보천과
이종형제 간이었다. 남공철이 10대 시절부터 남자와 인연을 맺
을 수 있었던 이유였다. 매사에 철저한 임금이 둘 사이에 얽히
고설킨 인맥 관계를 몰랐을 리가 없었다. 그럼에도 임금은 '성
세의 상서로운 존재'인 남공철을 여러 문신들 중 가장 먼저 지
목해 죄를 물었다.

답은 한 가지였다. 남공철이 걸려들었다면 남자도 걸려들
것이다. 어떤 절차와 단계를 거쳐 그 화살이 남자에게 날아올
지는 몰랐다. 그렇기는 해도 언젠가, 그것도 조속한 시간에 바
람을 가르고 날아올 거라는 사실 하나만큼은 하늘이 땅 위에
있는 것만큼이나 확실했다. 그렇게 생각하니 임금이 남공철을
비판하며 했던 말 중 하나가 남자의 가슴에 새롭게 다가왔다.
"그가 누구의 아들인가?"

육체로 보자면 남공철은 두말할 것 없이 남유용의 아들이

다. 그러나 문체의 측면에서는—약간의 과장과 억측을 더해서 말하자면 그렇다는 이야기이다. 아니 억측이 아닐 수도 있다. 그날의 전교 끝에 임금이 남자의 이름을 지나가는 것처럼 슬쩍 언급했다는 사실도 이미 알고 있으니.—그는 남자의 아들이었다. 그러니까 임금은 지금 남공철과 남자의 관계에 대한 핵심적인 질문을 던지고 있는 것이다. 형식은 질문이었으나 실상은 달랐다. 임금은 그에게 너의 육체적 아비가 누구인지를 잘 생각해 보아라, 하고 넌지시 회유의 말을 던지고 있는 셈이었다. 상서로울 정도로 영민한 남공철이 임금의 속내를 모를 리 없었다. 남자는 임금을 생각하고, 남공철을 생각했다. 임금은 강하고 남공철은 유연했다. 임금의 속내는 분명했으나 남공철의 속내는 그렇지 않았다. 따지고 보면 남공철은 남자의 글에 대해 자신의 의견을 밝힌 적이 그리 많지 않았다. 모임이 있을 때마다 빠지지 않고 참석하기는 했으나, 가끔씩 『열하일기』에 대해 과분한 찬탄이 섞인 발언을 하기는 했으나, 그것은 오히려 예외에 가까웠고 보통 때의 남공철은 주로 오가는 이야기에 귀를 기울이는 입장일 뿐이었다. 고개를 가로젓는 순간 아까의 그 질문이 또다시 남자의 머리에 떠올랐다. "그가 누구의 아들인가?"

어쩌면 그것은 비판이 아닐 수도 있었다. 앞서 임금은 남공철을 성세의 상서로운 존재라 칭했다. 스승의 아들인 그가 과거에 급제하자 옛 스승을 떠올리며 마음이 비감하다고 말했다. 남자는 조금은 더 과감하게 상상을 해 보기로 했다. '임금에게 남공철은 정신적인 아들일 수도 있겠다.'

제법 그럴듯한 추론이라는 생각이 들었다. 그러자 잠복해 있던 의문들이 꼬리에 꼬리를 물고 이어졌다. 남공철은 임금이 자신의 직함을 빼앗으리라는 사실을 알고 있었을까, 모르고 있었을까? 둘 사이에 다른 약속은 없었을까? 궁금하기 짝이 없었으나 남자로서는 어느 것 하나 속 시원히 답할 수 없는 질문이었다. 궁벽한 고을의 현감으로 있으면서 궁궐 안의 일을 손바닥 보듯 세세하게 알 길은 없었다. 궁벽한 고을에 있지 않았더라도 사정은 다르지 않으리라. 남자는 일생 동안 관계의 분석에 예민하지도, 능숙하지도 못했으므로. 어찌 되었건 달라질 것은 없었다. 임금의 뜻은 정해졌다. 시위를 떠난 화살이 남자의 등에 박히는 것은 다만 시간 문제일 뿐이었다. 대책은 없었다. 그저 남자가 해야 할 일이라곤 커다란 눈으로 사방을 주시하며 불시에 닥칠 화살을 대비하는 것뿐.

사태는 생각보다 빠르게 진전되어 갔다. 10월 24일에 임금은 서학교수 이상황을 복직시키고, 남공철에게는 자송문自訟文을 바치라는 명령을 내렸다. 이날의 조치는 패관소품의 문체에 대한 임금의 처벌 방향을 백일하에 드러냈다는 점에서 남자의 관심을 끌었다. 1787년 김조순과 함께 예문관에서 숙직하던 이상황은 패관소설들을 읽다 임금에게 들켜 서학교수의 직에서 해임되었다. 그런 그가 임금으로부터 드디어 완전한 사면을 받은 것이다. 남공철에 대한 처벌도 자송문을 받는 선에서 정리하는 것으로 결정을 내렸다. 남공철은 임금의 선처에 빠르게 화답했다. 그는 바로 다음 날 임금에게 자송문을 제출했다. 임금은 '대답 내용이 비록 장황한 느낌이 드나 문체는 소품을 본

뜨지는 않았다'고 말하며 기다렸다는 듯 서둘러 지제교의 직함을 환급하라는 지시를 내렸다. 일련의 사건들에서는 정략의 냄새가 진하게 풍겼다. 그러나 정략 여부와 관계없이 남자의 흥미를 가장 많이 끈 것은 무엇이 문제였는지를 상세하게 지적하던 임금이 남공철을 향해 내뱉었던 여러 말들이었다.

명색이 각신이고 또 문청공의 아들이라는 자가 가훈을 어기고 임금의 명령도 저버리고 그렇게 금령을 범하는 일을 하다니, 이는 참으로 놀라운 일이 아닐 수 없다. 남공철은 대책문을 올리면서 골동 등의 용어를 인용했다. 문맥을 보건대 배척하는 의미에서 쓴 것은 능히 알 수 있다. 하지만 그 용어가 어디에서 비롯되었겠는가? 소품을 즐겼으니 그 용어를 아는 것이 아니겠는가? 그래서 특별히 초계문신을 불러 더욱 엄하게 신칙하고, 이어 공철로 하여금 마음을 바꾸어 바른 길로 돌아오기 전에는 대궐에 들어오더라도 감히 경연에 오르지 못하게 하고, 대궐을 나가서도 감히 집안 사당에 절을 드리지 못하게 했던 것이다. 이것이 어찌 다만 공철 한 사람의 문체 때문에 그랬겠는가.'

이것이 어찌 다만 공철 한 사람의 문체 때문에 그랬겠는가. 이 문장과 지금까지의 진행 과정을 볼 때 남자 또한 문제가 됨은 명약관화한 일이었다. 임금은 그 뒤에도 속도를 조금도 늦추지 않았다. 동지사의 서장관으로 임명되어 서울을 떠난 김조순에게도 사람을 보내 자송문을 바치라는 명령을 내렸다.
일어나는 일의 의미에 대해 생각하기도 어려울 정도로 진행

속도가 빠르면 반발하는 세력이 나타나게 마련이었다. 반발의 빌미를 제공한 것은 물론 임금이었다. 처벌 대상자가 대부분 경화세족의 자제들, 좀 더 범위를 좁혀 말하면 노론의 자제들이기 때문이었다. 노론의 핵심 세력이 반발하고 나선 것은 그러므로 지극히 당연한 일이었다. 앞장선 이는 강직한 성품으로 유명한 부교리 이동직이었다. 이동직의 논리는 우직할 정도로 단순하고도 명확했다. 성균관 대사성인 이가환의 문체 또한 패관소품에 가까운데 왜 그는 처벌하지 않느냐는 것이었다.

하물며 그의 문장이라는 것이 학문상으로는 대부분 이단 사설들이고 문장이래야 순전히 패관소품을 숭상할 뿐입니다. 누구나 알고 있는 경전을 언제나 별 쓸모없는 것으로 보고 있으니 그의 문장은 문장이라고 말할 수도 없습니다.[8]

남인인 채제공과 이가환을 비호하는 임금을 정면 공격하는 대신, 임금과 같은 방식으로 문체의 문제를 제기하는 우회전술을 편 셈이었다. 남자는 잠시 끙 신음소리를 냈다. 이동직이 자신의 『열하일기』 또한 싸잡아 공격했던 것이 떠올랐기 때문이다. 그러나 이내 신음을 거두었다. 우직한 신념의 소유자 이동직에게 『열하일기』를 이해해달라는 것은 아무래도 무리한 요구였다. 아무튼 이동직의 상소에 임금은 나름의 해명을 했는데, 어찌된 까닭인지 이전의 현란한 언사에 비하면 그 해명이 다소 궁색했다. 임금은 이동직의 상소 내용에 기본적으로는 동의한다는 말로써 변명의 문장을 시작했다.

그대는 이가환의 문체가 경전을 쓸모없는 것으로 여긴다는 말로 이야기를 시작했는데 옳은 판단이다. 그것이 바로 내가 그에게 한마디 하고 싶으면서도 못하고 있던 문제였다. 그런데 그대가 그 말을 대신 해 주니 나로서는 참으로 가려운 곳을 긁어 주는 격이 아닐 수 없다.'

문장에 정통한 임금이니만큼 아무리 좋게 보아도 이가환의 문체가 패관소품과 무관하다고 평하기는 힘들었을 것이다. 판단력이 빠른 임금은 일단 인정할 것은 인정한 후 자신만의 논리로 슬며시 역습을 시도했다.

이가환이 누구인가? 그의 가문은 일찍이 문명을 날린 바 있지만 그것은 벌써 옛날 일이다. 벼슬길에서 밀려난 지 벌써 백년이 되었으니 그동안 그들은 수레바퀴나 깎고 염주알이나 꿰면서 떠돌이, 혹은 시골에 묻혀 지내는 백성으로 자처하고 살았던 것이다. 주위가 외로우면 외로울수록 말은 더욱 한쪽으로 치우쳤을 것이고, 말이 한쪽으로 치우칠수록 그 문장도 괴이해졌을 것이다. 그래서 매양 「이소경」이나 「구가」를 흉내 냈던 것인데, 그것이 어찌 가환이 좋아서 한 짓이겠는가. 따지고 보면 조정이 그를 그렇게 만든 것이다.[10]

실로 교묘한 답변이 아닐 수 없었다. 임금은 이가환을 시골에 묻혀 지내는 백성 취급을 한 뒤, 그가 그렇게 된 것은 실은 조정이 만든 일이라 결론을 내려 버린 것이다. 이때의 조정은 물론 노론이 지배하는 조정을 말했다. 요약하자면 지금도 실권을 쥐고 있으며 앞으로도 실권을 유지할 것이 분명한 노론 자제들과, 시골에서 궁벽하게 살다 임금의 은혜를 입어 일시적으로 등용된 이가환에 대한 조치는 서로 달라야 한다는 것을 백일하에 밝히고 있는 셈이었다. 임금은 한술 더 떠 우둔한 백성도 함께 안고 가야 하는 임금의 어려움을 설파함으로써 이가환에 대한 논란을 종식시키려 했다.

준수한 백성도 있고 우둔한 백성도 있어 먼저 깨닫고 늦게 깨닫는 차이는 있으나 일단 깨닫고 나면 같은 것이다. 설사 혹 아둔하여 탈을 벗지 못하는 자가 그 사이에 끼어 있다 하더라도, 그것은 단지 태양 앞에 횃불이며, 군자에게 있어 소인이고, 고니에게 있어 땅속의 벌레인 것이니, 주인은 주인 노릇하고 손은 손 노릇하면 그것으로 족한 것이다."

이가환을 변명하는 과정에서 임금은 뜻밖에도 남자의 벗인 이덕무와 박제가를 예로 삼았다. 임금이 직접 이름을 인용했다는 것은 영광일 수도 있겠다. 그러나 발언의 맥락을 종합해 보면 영광이라기보다는 모욕에 더 가까웠다.

모처럼 기회가 되었으니 내 뜻을 조금 더 밝히도록 하겠다. 재주가 있는데도 없는 것이나 같고 뜻을 쌓고서도 스스로 시험해 볼 길이 없어서 기꺼이 초목과 더불어 똑같이 썩어 가는 자들이 있으니, 세속에서 이른바 '서얼'이라고 부르는 자들이다.

인륜의 떳떳한 의미를 알고 싶다는 명목으로 천 리나 떨어진 곳의 똑같지 않은 풍속을 흠모하고, 함께 나아가 벼슬할 수 없다는 것을 능히 알기에 발분한 이야기를 즐겨 보는 것이다. 시문을 짓는 지엽적인 일에서도 걸핏하면 그것을 묘사하고 은연중에 얘기하니, 능히 초연하게 그 속에서 빠져나오는 이가 드물다. 그러나 이 또한 조정의 책임이지 그들의 죄가 아니다.[12]

임금은 서얼을 별종 취급하고 있는 것이었다. 물론 임금의 속내가 그렇지는 않을 터였다. 이가환의 처지를 변명하려다 보니 일부러 이덕무와 박제가 등을 무시하는 투로 말했을 것이다. 그렇기는 해도 다음의 장면에 이르면 그들의 처지를 누구보다도 잘 아는 남자는 아예 가슴을 치는 지경에 이르게 된다.

박제가와 이덕무로 말하자면, 단점을 버리고 장점을 써서 양지로 향하는 창문을 열어 주었다.[13]

단점이 있기는 하나 그 단점보다는 장점을 보겠다는 이야기였다. 서얼이 아니라면 사소한 단점이라도 그냥 넘기지 않고 하나하나 지적해 고쳐 보겠지만, 서얼이라는 '별종'에 속해 있으므로, 애당초 문제가 있는 인간들이므로 그들의 자잘한 단점쯤은 눈감아 주고 장점만을 골라 쓰겠다는 이야기였다. 남자는 이덕무와 박제가가 임금의 이러한 발언에 어떤 반응을 보였는지는 잘 몰랐다. 최근에는 그들을 만난 적도 없고, 그들로부터 그 일에 관해 이야기를 들은 적도 없었으니. 흥분하기 좋아하는 박제가조차 아무 말도 전해 오지 않은 것은 조금 의외이기는 했다. 그러나 그 의외에 가까운 침묵이 실은 그들의 입장이었다. 신하의 일원이 아닌 별종으로 취급받는 기분, 그 기분에 대해 도대체 뭐라 떠들어 댈 것인가? 떠들어 댔다간 별종 중의 별종으로 취급받을 터이니 그저 침묵하는 것이 유일한 방법일 뿐. 아무튼 소기의 목적을 달성하기 위해서 신하 사이에 차등을 두는 것도 개의치 않는 임금의 조처는 사태의 심각성을 인지하고 지체 없이 써 보낸 김조순의 자송문에 대해 전에 없는 극찬을 내림으로써 어느 정도 마무리가 되었다.

이 함답을 보니 문체가 바르고 우아하며 뜻이 풍부하여 무한한 함축미가 있음을 깨달겠다. 촛불을 밝히고 읽고 또 읽었다. 밤이 깊은 줄도 모르고 무릎을 치며 읽었다. 김조순은 역시 김조순이다. 저 부들부들하다 못해 도리어 옹졸해진 남공철의 대답, 경박한 표현을 지나치게 많이 써서 오직 듣기 좋게만 꾸민 이상황의 말, 뻣뻣하여 도무지 알기 어려운 심상규의 공초는 모두가 입술에 발린 소리이고 억지로 하는 자기변명에 가까운 것들이다. 김조순은 다르다. 이 사람만은 할 것은 한다, 못할 것은 못한다고 명확히 말함으로써 결코 스스로를 속이거나 나를 속이려 함이 없음을 제대로 드러내고 있다. 그에게 파발마를 보내라. 아무런 문제도 없을 터이니 마음 놓고 길을 떠나 먼 길을 잘 다녀오게 하라.[14]

처벌과 회유가 일단락되자 임금은 이번에는 작전을 바꾸어 포상 전략을 펼치기 시작했다. 신하들에게 부賦를 지어 바치게 한 후 높은 평가를 받은 성대중에게 외삼품 직인 북청부사를 제수하는 특전을 베푼 것이 가장 좋은 예였다. 성대한 송별연에 대해서는 이미 남공철과 유득공이 언급한 바 있었다. 성대중에게는 밝은 미래가 보장된 조치였으나 남자에게는 반대였다. 성대중에 대한 송별연은 거꾸로 말하면 이제 '거물'인 남자의 등에 마침내 화살이 꽂히리라는 본격적인 예고나 마찬가지였다.

남자의 예감은 적중했다. 남공철은 12월 28일, 눈이 한 자 넘게 내린 서울에서 남자에게 겉은 다정하고 속은 냉랭한 편지를 썼고, 남자는 가뭄을 해갈하는 눈이 느릿느릿 땅으로 떨어지던 1월 16일, 벗이 보낸 그 편지를 전해 받았다.

4

지난 석 달을 거칠게라도 돌아보았으니 이제 남자도 결단을 내려야 할 터였다. 남공철과 김조순의 사례는 그 점에서 무척이나 교훈적이었다. 재빠른 자송문 제출이 가져올 수 있는 효과가 어떤 것인지를 극명하게 보여 주었으므로. 그러나 남자는 아직 마음을 잡지 못했다. 쓰지 않고 버틸 생각인가 하면 그것은 아니었다. 써야 하겠다고 결심했느냐 하면 그것도 아니었다. 다만 한 가지 예감에 가까운 느낌이 있기는 했다. 언젠가 쓰기는 쓸 것이라는 것. 그러나 그 언젠가가 언제가 될지 그때 쓸 글의 형식과 내용이 어떤 것이 될지는 지금으로서는 짐작하기도 어려웠다. 이렇듯 남자의 고민이 깊어지는 것은 무슨 까닭인가? 임금의 명령에 따른다는, 대안이라고는 없는, 어찌 보면 외길일 수밖에 없는 자명한 수순을 놓고 남자가 고민하는 까닭은 도대체 무엇인가?

그 까닭을 알기 위해서는 지난 석 달의 중요성을 잊어야 하리라. 지난 석 달 동안에 일어난 일련의 사건들의 결과 남자가 편지를 받은 것은 분명했다. 그러나 그것으로 모든 것을 설명할 수는 없었다. 그건 또 무슨 이야기냐고? 말 그대로였다. 지난 석 달의 사건들의 결과로만 남자가 편지를 받은 것이 아니라는 사실 또한 분명하니 하는 말이었다. 임금은 치밀한 사람이었다. 인내할 줄 아는 사람이었다. 아버지를 잃고도 그 슬픔과 분노를 냉정하게 가슴속에 숨긴 사람이었다. 화살을 쏠 때와 거둘 때를 그 누구보다도 정확히 판단하는 사람이었다. 그러므로 임금은 즉흥적으로 이번 일을 벌인 것이 아니었다. 눈에 보이는 석 달의 뒤에는 눈에 보이지 않는 훨씬 더 긴 세월이 있었다. 임금은 그 긴 세월 또한 참고 계산하고 생각하고 시간을 재다가 마침내 시위를 당겨 화살을 쏜 것이었다. 그렇다면 그 시작은 어디일까?

이제 남자의 회상은 다시 몇 년 전으로 거슬러 올라간다. 남자의 머리에 가장 먼저 떠오르는 것은 1791년의 어느 날이었다. 이덕무가 쓴 병지를 살펴보던 임금은 「비왜론」備倭論을 펼쳐 보며 이렇게 말했다. "연암의 문체를 본떴구나."

임금이 정확히 어떤 부분을 읽고 그런 말을 했는지는 물론 알 수 없었다. 임금이 한 말은 다만 그게 전부였으므로. 짐작은 가능했다. 이덕무가 하이국 사람들을 유독 실감나게 설명하는 부분이 임금에게 그러한 인상을 주지 않았을까 하는 것.

일본의 동북해東北海 가운데 하이국蝦夷國이 있는데 다르게는 획복獲服, 일고견국日高見國, 모인국毛人國이라고도 부른다. 하이 사람들은 짐승의 털로 옷을 짜 입고 생선 기름을 마시며 산다. 수염은 새우와 같이 길고, 걸어다녀도 발자국 소리가 나지 않는다. 높은 곳에 올라가고 험한 길을 다니는 능력이 금수보다도 뛰어나고, 그것도 모자라 물밑으로도 다닐 수 있으니 용맹스럽고 사납기로 치면 비교할 대상이 없다. 무시무시한 그들에게는 특별한 무기도 있다. 화살을 상투에 감추고 칼은 옷 속에 차고 다니는데 활촉에 독을 발라 놓은 까닭에 그 화살을 맞으면 살이 썩어 문드러지게 된다. 그럴 땐 어찌해야 하나? 빨리 상처를 긁어내고 생마늘을 찧어 붙이면 살아날 수 있다.[15]

냉정히 말하자면 직접 보고 들은 것을 기록한 남자의 글과는 그 시작부터 달랐지만 최신 정보를 종합해 글을 썼다는 점에서는 일견 비슷하다고 볼 수도 있었다. 아무튼 임금의 입에서 '연암의 문체'라는 말이 나오기는 그때가 처음이었던 것 같다. 이덕무로부터 그 이야기를 전해 들은 남자는 그때만 해도 그저 어깨만 으쓱했을 뿐이었다. 지금 와서 생각하면 그 당시 임금은 『열하일기』를 읽고 있었을 가능성이 높았다. 잡문 몇 편을 읽고 연암의 문체가 어쩌느니 하는 말을 섣불리 꺼낼 임금이 아니었다. 상대에 대한 완벽한 분석을 마쳤기에 자신 있게 문체라는 용어를 꺼낼 수 있었던 것이다. 회상은 회상을 불러오는 법이다. 또 다른 글이 이내 남자의 머리에 떠오르는데 그것은 바로 1787년에 쓴 이서구의 책문策文이었다.

어찌 고정불변의 문체가 존재한 적이 있겠습니까? 계절이 바뀌면 사물이 변하고, 지방마다 풍속도 다른 법입니다. 하물며 천하의 사변은 무궁하고 사람의 재지란 각기 다른 법이 아니겠습니까? 그러므로 시대가 바뀜에 따라 문체 또한 변하는 것은 다름 아닌 상리입니다.[16]

책문策文이 있다는 것은 그에 앞선 물음, 즉 임금의 책문策問이 있다는 것을 뜻한다. 그 책문의 골자는 다음과 같았다.

근래에는 문풍이 점점 변하여 붓을 잡은 선비는 시서 육예의 문장에 바탕을 두지 않고, 머리를 싸매고 마음 쓰는 것이 도리어 패가稗家 소품의 책에 가 있는 경우가 많다. 그러다보니 발분하여 글을 지으면 붓이 종이 위에 닿기도 전에 기운이 이미 빠져 버리게 되는 것이다. 비유하자면 마치 혼수상태에 빠진 사람이 때때로 헛소리를 하는 것 같은데, 스스로는 그것도 모르고 극히 공교롭고 기묘함을 얻었다고만 여긴다. 전에 없던 이러한 풍속이 생겨난 것은 과연 무슨 까닭 때문인가?[17]

이서구는 패관소품이 득세하는 것을 비판하라는 책문에 역으로 패관소품이 득세하는 것은 당연한 이치라는 답변으로 받아친 것이다. 이서구다운 거침없는 답변이었다. 이서구 또한 남자에게는 열일곱 살이나 어린 벗이었다. 남공철과의 나이 차이는 여섯 살밖에 나지 않지만 생각과 태도는 너무나도 달랐다. 남공철이 '부들부들'하다면 이서구는 꼿꼿했다. 남공철이

유연하다면 이서구는 원칙적이었다. 임금 앞에서도 꼿꼿함과 원칙은 수그러들지 않았다. 강단 있는 이서구는 한 발짝 더 나아갔다. 남자가 일찍이 주장했던 문체관을 책문에서도 그대로 피력한 것이다. "비유컨대, 우맹이 손숙오를 흉내 내어 손뼉을 치며 이야기하는 것과 같아 비슷하기는 하지만, 그를 재상 자리에 앉혀 초나라를 다스리게 한다면 목상 노릇을 할 따름이다. 더욱이 그 소위 비슷하다는 것도 반드시 진짜로 비슷한 것은 아님에랴!"라고 목청을 높이는 대목이 대표적이었다. 이는 남자가 이덕무를 위해 쓴 「영처고서」의 문장, 즉 "무릇 '비슷하다'고 하는 것은 비슷하기만 한 것이어서 저것은 저것일 뿐이요, 비교하는 이상 이것이 저것은 아니니, 나는 이것이 저것과 일치하는 것을 아직껏 보지 못했다"와 정확히 일맥상통했다. 남자는 이서구로부터 책문을 전달받고 묵묵히 고개를 끄덕였다. 자신만의 독자적인 이론을 펼쳤으면 더 좋았을 것이라는 아쉬움, 그럼에도 남자의 논리를 인용한 것에 대한 고마움이 반반씩 섞인 끄덕임이었다. 임금의 반응이 어땠는지는 모르겠다. 하지만 지금 와서 생각하면 임금은 그 당시 이미 이서구의 문장과 논리가 남자의 문장과 논리와 유사하다는 것을 알고 있었음이 분명했다. 그렇다면 혹 임금은 그 당시에 이미 『열하일기』를 읽고 있었던 것이 아닐까? 모두 다 추측일 뿐 확실한 것은 아무것도 없다. 임금은 『열하일기』를 읽었다고는 했으나 언제 읽었다고 말한 적은 없다. 임금은 요 몇 달 동안 『열하일기』를 읽었을 수도 있고, 1791년에 읽었을 수도 있고, 1789년에 읽었을 수도 있다. 혹은 그 이전에 읽었을 수도 있다. 임금은 남자에게 『열하일기』를 보여 달라고 요구하지 않았다.—요구가 있더라도 보여 줄 수는 없었을 것이다. 남자의 『열하일기』는 초고일 뿐 결코 완성된 작품이 아니었으므로.—어느 시점엔가 스스로 구해 읽었다. 남자는 결코 그 시점을 알 수 없을 터였다. 그것은 남자가 자신의 문체를 물고 늘어지는 임금의 속내를 정확히 알 수 있는 방법이 없다는 것의 다른 표현에 다름 아니었다. 아무튼 종합하건대 임금은 오래 전부터 차근차근 『열하일기』를 읽고 꼼꼼하게 준비를 해 온 것이었다.

남자는 낮은 한숨을 내쉬며 들판을 보았다. 다시 눈이 내리기 시작했다. 눈은 주위 풍경을 감상이라도 하듯 제 속도를 늦춰 가며 천천히, 천천히 내리고 있었다. 아마도 눈은 알고 있으리라, 속도는 아무런 문제도 되지 않는다는 것을. 하늘에서 떨어진 눈은 결국은 땅을 덮는다는 것을. 그 눈을 막을 방법은 어디에도 없다는 것을. 임금 또한 마찬가지리라. 아무리 입을 삐쭉이고 수군대도 결국 임금의 의지는 신하들에게 도달하고야 만다는 것을.

남자는 왠지 억울한 기분이 들었다. 내리는 눈이 반갑기는 했지만 이번에는 무기력하게 받아들이기만 하는 땅의 편을 들고 싶었다. 남자는 고개를 가로저었다. 눈과 땅의 역학 관계에 신경을 쓸 때가 아니었다. 남자는 지금 가장 강한 상대와 마주하고 있는 셈이므로. 긴 상념은 끝이 났다. 그럼에도 찜찜하고 이상한 기분이 들었다. 무엇이 빠진 것일까? 조금 더 고민하다 곧 이유를 알아냈다. 임금이 직접 남자에게 문체가 어쩌느니 글이 어쩌느니 하고 말한 적은 한 번도 없었던 것이다. 남자가 임금을 볼 기회가 없었던 것도 아니었다. 남자가 관직에 진출한 지도 벌써 6년이 지났으니 원하기만 하면 임금은 언제든 자신의 뜻을 직접 전달할 방법을 찾을 수 있었을 것이다. 그럼에도 임금은 남자에게 그런 말을 일절 꺼내지 않았다. 대신 임금이 베푼 것은 분에 넘치는 과도한 호의와 예상치 못한 순간에 흘러나온 따뜻한 배려였다.

5

남자가 관직에 진출한 것은 1786년 7월이었다. 절친한 벗인 이조판서 유언호의 천거를 받아 토목에 관한 일을 맡아 보는 선공감의 감역으로 일하게 되었다. 다시 말해야겠다. 유언호가 천거했다고는 하나 그것을 유언호의 의지만으로 받아들여서는 안 된다. 그 뒤에는 임금이 있었다. 임금은 재주가 있는데 등용되지 못하고 불우하게 사는 이가 누구냐고 물었고, 유언호는 머뭇거리지도 않고 남자를 추천한 것이었다. 흥미로운 것은 임금의 반응이었다. 유언호에 따르면 임금은 남자를 추천한 이유에 대해서는 묻지도 않고는 담담한 목소리로 이렇게 말했다고 한다. "그자에 대해서는 이미 오래 전부터 잘 알고 있소."

임금 스스로가 이미 오래 전부터 남자에게 관심을 갖고 있었다고 고백한 드문 기록이다. 물론 그 오래 전이라는 게 정확히 언제를 말하는지는 확실하지 않았다. 임금이 군말 없이 이

조판서의 추천을 받아들인 것은 까다로운 성격을 감안하면 그리 자주 있는 일은 아니었다. 덕분에 남자의 이름은 호사가들의 입방아에 올랐다. 그 관심이 적지 않게 부담스러웠음에도 남자는 선공감 감역의 일을 거절하지 않았다. 이는 뜻밖의 일로 비칠 수도 있겠다. 남자는 젊은 시절 이미 관직에 나가는 가장 강력한 수단인 과거를 포기했기 때문이다. 남자는 과거장에 나가더라도 말없이 하늘을 보며 앉아 있거나, 그도 심심하면 소나무나 바위 따위를 그렸고, 그도 지겨우면 천천히 몸을 일으켜 밖으로 나오곤 했다. 물론 그것도 한때였고, 그 뒤로는 과장에 아예 출입도 하지 않았다. 남자가 과거를 얼마나 혐오했는지는 과거에 급제한 이웃에게 보내는 편지글에 잘 나타나 있다.

무릇 요행을 말할 때에는 '만의 하나'란 말을 하지요. 어제 과거에 응시한 사람이 줄잡아 수만 명이나 되었지만 급제의 영광을 안는 이들은 겨우 스무 명에 지나지 않았습니다. 사정이 이러하니 이야말로 만의 하나라 이를 만하지 않겠습니까? 시험장의 문에 들어갈 때 서로 밟고 밟히고 죽고 다치고 하는 자들이 수도 없으며, 형제끼리 서로 외치고 부르고 뒤지고 찾곤 하다가, 급기야 서로 만나게 되면 손을 잡고 마치 죽었다 살아난 사람이나 만난 듯이 여기니, 죽을 확률은 이보다 훨씬 높아 거의 십 분의 구라 이를 만하지요.

지금 그대는 능히 십중팔구 죽을 확률에서 벗어나서 만의 하나뿐인 이름을 얻었습니다. 나는 그 많은 사람들 속에서 만의 하나뿐인 영광스러운 발탁을 미처 축하하기 전에, 속으로 사망률이 십 분의 구에 달하는 그 위태로운 장소에 다시 들어가지 않아도 되는 것을 축하할 따름입니다. 즉시 찾아가 축하해야 마땅하겠으나, 나 역시 십 분의 구의 죽음에서 벗어난 지 얼마 되지 않아 지금 자리에 쓰러져 신음하고 있는 중이니 그대의 넓은 아량으로 병이 낫기까지 조금만 기다려 주셨으면 하는 게 나의 바람입니다.[18]

축하의 편지라고 보기에는 민망할 정도로 독설이 가득했다. 좋게 말하면 풍자이지만 심하게 말하면 과거제도 자체에 대한 근본적인 불신이 편지 전체를 뒤덮고 있는 셈이다. 남자의 글 중 세간에 널리 알려진 「염재기」는 또 어떠한가? 남자는 아예 과거 급제를 꿈꾸다 급기야 미쳐 버린 송욱이라는 남자를 주인공 삼아 이야기를 풀어 나갔다.

송욱이 술에 취해 쓰러져 자다가 해가 떠올라서야 겨우 잠에서 깼다. 누워 있으려니 온갖 소리가 들렸다. 솔개가 울고 까치가 지저귀었다. 수레 소리와 말발굽 소리가 시끄러웠다. 울밑에서는 절구 소리가 나고 부엌에서는 그릇 씻는 소리가 났다. 늙은이의 부르는 소리와 어린애의 웃음소리, 남녀 종들의 꾸짖는 소리와 기침하는 소리 등 문밖에서 일어나는 모든 일을 소리로 분별할 수 있었다. 그런데 유독 자신의 소리만은 들리지 않았다. 몽롱한 가운데 중얼거렸다. "집안 식구는 모두 다 있는데 어찌하여 나만 쏙 사라졌는가?"
눈을 뜨고 사방을 둘러보았다. 저고리와 바지는 횃대에 놓여 있고, 갓은 벽에 걸려 있고, 띠는 횃대 끝에 걸려 있고, 책들은 책상 위에 놓여 있고, 거문고는 뉘어져 있고, 가야금은 세워져 있으며, 거미줄은 들보에 얽혀 있고, 쇠파리는 창문에 붙어 있었다. 방 안의 물건들은 빠짐없이 다 있는데 유독 자기만이 보이지 않았다. 급히 일어서서 자신이 자던 곳을 살펴보았다. 베개를 남쪽으로 하여 요가 깔려 있으며 이불은 그 속이 드러나 있었다. '송욱이 미쳐서 발가벗은 몸으로 집을 나갔구나!'

생각이 거기에 미치니 자신이 슬프고 불쌍해졌다. 너무도 어처구니없어 자신을 나무라기도 하고 비웃기도 했다. 마침내 길을 나섰다. 그를 만나면 입혀 주려고 옷가지들을 들고 돌아다녔으나 도통 찾을 길이 없었다. 성城 동쪽에 살고 있는 소경에게 가서 점을 쳐 보니, 소경이 이렇게 대답했다. "서산대사가 갓끈이 끊어져 염주가 흩어졌구나. 저 부엉이를 불러다가 헤아려 보게 하자꾸나."

소경이 엽전을 던지자 동그란 것이 잘도 굴러가 문지방에 부딪쳐서야 멈추었다. 소경이 엽전을 주머니에 집어넣고는 축하의 말을 던졌다. "주인은 여행을 나가고 나그네는 여의旅衣가 없구나. 아홉을 잃고 하나만 남았으니 이레가 지나면 돌아오리라. 이 점사占辭가 크게 길하니 마땅히 과거에 장원급제하리라."

송욱이 크게 기뻐했다. 그는 과거가 열리는 날이면 반드시 유건儒巾을 쓰고 응시를 했는데, 그때마다 제 시권試券에다 비점批點을 치고 나서 큰 글씨로 높은 등수를 매겨 놓았다. 반드시 이뤄질 수 없는 일을 두고 '송욱의 과거 보기'라고 부르는 연유이다.

114

식자들이 이 말을 듣고서 다음과 같이 평한다. "미치긴 미쳤으나 역시 선비답구나. 이러한 행동은 과거에 응시하면서도 과거에 뜻을 두지 않은 것이다."[19]

이렇듯 과거를 극단적일 정도로 혐오했던 남자가 관직에 진출한 이유는 무엇인가? 남자는 내리는 눈을 보며 혼잣말을 침 뱉듯 심상하게 토해냈다. "가난과 쓸쓸함 때문이지."

그 말을 신호로 착각했을까, 한동안 잊고 있던 가난과 쓸쓸함이 마침내 차례가 되었다는 듯 기지개를 펴더니 방문을 열고 떼 지어 몰려왔다. 남자는 피로한 안색의 불청객들을 피해 마당으로 내려선 뒤 앙상한 매화나무의 가지를 쓰다듬었다. 갑작스럽게 나무에 관심을 준 이유는 단 하나였다. 그 나무가 바로 가난과 쓸쓸함 모두를 의미하는 나무이기 때문이었다. 꽃도 없는 앙상한 매화나무와 가난, 그리고 쓸쓸함이 무슨 관계가 있는 것일까? 남자의 속내를 알기 위해서는 먼저 한 통의 편지를 읽어야 한다.

화병에 윤회매 열한 송이가 달린 가지를 꽂아 동전 스무 닢을 얻었소. 형수님께 열 닢 드리고, 아내에게 세 닢 주고, 딸내미한테 한 닢 주고, 형님 방 땔나무 비용으로 두 닢 쓰고, 내 방에도 또한 그렇게 하고, 담뱃값으로 한 닢 쓰고 나니 공교롭게도 딱 한 닢이 남았구려. 그래서 이렇게 보내드리니 받아주면 참 좋겠소.[20]

이 편지로 유추해 볼 수 있는 사실 몇 가지. 남자는 윤회매를 팔아서 돈을 받았고, 그 돈으로 필요한 물건들을 구입했으며, 남은 돈을 다른 이에게 보낸 것이다. 그 다른 이는 바로 이덕무였다. 그렇다면 남자는 왜 남은 돈을 이덕무에게 보냈을까? 두 가지 이유가 있었다. 첫째, 이덕무 또한 가난에 시달렸기 때문이다. 둘째, 윤회매 만드는 법을 가르쳐 준 이가 바로 이덕무이기 때문이다. 점잖은 이덕무가 유독 과장스럽게 설명한 윤회매의 정의가 문득 떠올라 남자를 웃음 짓게 만들었다.

벌이 화정花精을 채취하여 꿀을 빚고 꿀에서 밀랍이 생기고 밀랍이 다시 매화가 되는데, 그것을 윤회매라고 한다. 살아 있는 나무 위에 꽃이 피었을 때 그것이 꿀과 밀랍이 될 줄 어떻게 알았겠으며, 꿀과 밀랍이 벌집 속에 있을 때 그것이 윤회매가 될 줄 어떻게 알았겠는가? 그렇기에 매화는 밀랍을 망각하고, 밀랍은 꿀을 망각하고, 꿀은 꽃을 망각하고 있는 것이다. 그러나 윤회매를 가지고 저 나무 위 꽃과 대조해 보면 이내 비슷한 점이 눈에 들어온다. 말 없는 가운데 따스한 윤기倫氣가 서로 통하니 마치 할아버지를 닮은 손자와도 같다고나 할까.[21]

얼토당토않은 논리를 잔뜩 늘어놓아 어리바리한 사람을 홀리려 애를 썼지만 수식어를 빼고 간단히 말하자면 윤회매는 밀랍으로 만든 가짜 매화꽃이었다. 화훼에 관심이 많았던 이덕무는 윤회매 만드는 일에도 특유의 온갖 정성을 다 기울였다. 한 송이의 꽃을 만들기 위해서는 꽃잎과 꽃받침과 꽃술과 가지를

만들어야 하는데 꼼꼼한 그는 어느 한 단계도 소홀히 하지 않았다. 모르긴 몰라도 조물주가 진짜 매화꽃을 창조했을 때도 그만큼의 정성은 기울이지 않았을 것이다. 그 비상한 솜씨에 감탄해 술잔을 드는 것도 잊어버린 채 넋을 잃고 윤회매 만드는 것을 지켜보던 남자는 아예 손을 걷어붙이고 자기도 배우겠다고 달려들었다. 그 광경 또한 이덕무의 글에 다음과 같이 세세하게 기록되어 있었다.

가난하게 살던 무릉씨가 남모르는 시름에 질병까지 겹쳐 스스로 마음을 위안할 수 없는 지경에 이르자 나를 찾아와 윤회매 만드는 방법을 물었다. 그래서 내가 등불 밑 화롯가에서 이야기를 나누면서 금방 꽃을 피워 보여 주었다.[22]

무릉씨는 곧 남자였다. 문틈으로 들어오는 바람에 살짝 흔들리던 등불, 그 등불에 비친 윤회매의 떨림이 손에 잡힐 듯 눈에 선했다. 아쉽게도 남자는 이덕무만큼 솜씨가 뛰어나지는 못했다. 그러나 남자에게는 섬세함 대신 승부욕이 있었다. 밤잠도 잊은 채 며칠을 두고 만지작거리자 비로소 윤회매는 제 모습을 갖추게 되었다. 까다로운 이덕무가 고개를 끄덕일 정도였으니 실패는 아닌 셈이었다. 남자는 그렇게 만든 윤회매를 감식안이 뛰어나기로 유명한 서상수에게 팔았다. 보기와는 다르게 가끔씩 짓궂은 장난을 즐기는 이덕무는 그 장면을 잊지 않고 계약서의 형태로 남겼다.

윤회매는 모두 세 그루인데 거기에 크고 작은 꽃송이 19개를 꽂았다. 복숭아나무를 꺾어 가지를 만들었고, 밀랍을 녹여 꽃봉오리를 만들었으며, 노루털을 베어 꽃술을 만들었다. 꽃송이 하나에 1문씩 매겨 총 19문을 받았다.

그러나 거래가 아직 끝난 것은 아니다. 가지가 가지답지 않거나, 꽃이 꽃답지 않거나, 꽃술이 꽃술답지 않거나, 상牀 위에 올려놓아도 운치가 없거나, 촛불 밑에 매화의 성긴 그림자가 생기지 않거나, 거문고를 탈 만한 흥을 돋우지 않거나, 시詩의 운율을 도울 수가 없다는 결론이 나면 사람들에게 알려 영원히 꽃을 팔지 못하도록 조치를 취할 것이다.[23]

이덕무뿐이었다면 괜히 심심하니 쓸데없는 소리를 한다며 둘러댈 수도 있었을 것이다. 그러나 이덕무와 유득공이 증인으로 되어 있고, 박제가가 글씨를 쓰기까지 했으니 돈을 받고 판 일이 사실과 다르다고 발을 빼기는 애당초 그른 터였다. 그렇다면 진실은 무엇인가?

처음에 윤회매를 만들었던 것은 분명 일종의 여가 활용이었다. 그 당시 이미 서른을 훌쩍 넘긴 남자였지만 벗들과 노니는 것 말고는 별다른 할 일이 없었다. 과거를 일찍감치 포기했으니 세월을 흘려보내는 것 말고 다른 길은 아예 존재하지도 않았던 것이다. 그래서 남는 시간을 때우는 의미로 윤회매 제작에 열을 올린 것이었다. 그렇다고는 하나 유희의 마음과는 달리 남자가 돈을 받고 윤회매를 판 것은 틀림없는 사실이었다. 벗처럼 가깝게 지내는 서상수에게 판 것을 말하는 게 아니었다. 남자는 그 얼마 후 장사꾼에게 돈을 받고 윤회매를 팔았던 것이다. 때깔 고운 자기병에다 윤회매 가지를 꽂아 비단 가게에 팔았던 것이다. 그렇게 해서 받은 돈이 동전 스무 닢이었고, 그중의 한 닢을 이덕무에게 보낸 것이다. 왜 그랬냐고? 둘러말할 필요는 없이 바로 가난 때문이었다. 물론 식구들 중 그누구도 남자에게 돈을 벌어 오라 말하지 않았다. 남자는 명문가인 반남 박씨의 후손이다. 남자의 조부는 영조 임금 시절 청요직을 두루 거치며 노론의 중추 역할을 했던 박필균이고, 삼종형 박명원은 영조 임금의 사위이다. 남자 또한 뛰어난 글로일찍부터 문명을 얻은, 서울의 명사 중 한 명이었다. 그런 그에게 배가 고프니 나가서 돈을 벌어 오라 말할 수 있는 사람은 가족 중에는 아무도 없었다. 남자는 그 사정을 너무도 잘 알았다. 가문의 이름과 자신의 문명이라는 족쇄 아닌 족쇄 때문에 자신이 직접 장터에 뛰어들 수 없다는 것도 너무도 잘 알았다. 그리하여 남자는 실생활과 전혀 관계가 없는 윤회매를 만들어 그저풍류를 즐긴다는 심사를 노골적으로 비추며 비단 가게에 판 것이다. 그렇게 해서 받은 돈은 실생활에는 아무런 도움도 되지않았다. 하루 쓸 돈도 못 되는 자잘한 금액이었으니 차라리 유희에 가까운 행동이라고 표현하는 게 더 맞겠다. 그럼에도 무엇인가를 돈을 받고 팔았다는 사실, 그리고 그 이면에 존재하는 심각한 가난에 대한 염려는 남자의 심사를 적잖이 불편하게만들었다. 예민하고 사려 깊은 이덕무는 남자의 그 마음 또한읽고 위로와 변호의 글을 써서 건넸다.

지금 미중(박지원)은 벽癖이 있는데다 가난한 사람이다. 혹자는 입을 삐죽거리고 이마를 찌푸리며 이렇게 개탄할지 모른다. "군자가 어찌 벽에 휘둘리는가! 아무리 가난하다 한들 군자가 어찌 기예 따위를 판단 말인가!"

나는 그렇게 말하는 사람에게 이렇게 충고하고 싶다. "벽은 병이거늘 어째서 약을 주어 고쳐 주려고 하지 않는가? 가난은 굶주림이거늘 어째서 돈을 주어 구제해 주려고 하지 않는가? 도움은 주지도 못하면서 어찌 다만 우려하고 탄식만 한단 말이오?"[24]

남자는 자기도 모르게 매화 가지를 쓰다듬던 손에 힘을 주었다. 그 우악스러운 손길에 제법 굵은 가지 하나가 맥없이 바닥에 떨어졌다. 남자는 막 생명을 잃은 그 가지를 바라보다 한숨을 내쉬었다. 그 순간 누군가 말을 걸었다. "이런 걸 보신 적이 있습니까?"

서장관 조정진이었다. 조정진이 가리키는 것은 흰색 석류꽃이었다. 앙상한 매화나무에 탐스런 흰색 석류꽃이 여럿 피었다. 깜짝 놀란 남자가 다급하게 고개를 젓자 조정진은 어린 시절의 이야기를 꺼내 놓았다.

"내가 어렸을 때 우리 집에 이런 석류가 있었는데, 나라 안 어디에도 이런 나무는 다시는 없었습니다. 대개 이 나무는 꽃만 피우고 열매가 열리지 않는다는군요."

갑작스러운 석류 이야기에 남자는 혼란스러움을 느꼈다. 주위를 둘러보고서야 남자는 자신이 어느 곳에 있는지를 깨달았다. 그곳은 바로 봉황성이었다. 봉황성에 도착한 일행은 강영태라는 이의 집에서 점심을 먹기로 했다. 그런데 점심 준비에 제법 시간이 걸렸다. 그 자투리 시간을 마당에서 보내다가 화분에서 아름답게 빛을 발하는 흰색 석류꽃을 발견하고 이야기를 나누었던 것이다. 그러나 공허한 한담이 끝나도 점심은 나오지 않았다. 남자는 배고픔을 참고 아예 본격적인 구경에 나서기로 했다. 호기심으로 허기를 누르려 한 것이다. 호기심은 독이었다. 남자는 허기보다 더한 충격을 느끼게 된다. 바깥뜰을 통해 밖으로 나온 남자는 자신도 모르게 입을 벌리고 말았다. 예상치도 못한 광경을 처음부터 마주한 탓이었다.

들어올 때는 집의 오른쪽에 있는 작은 문을 이용했기 때문에 집의 웅장함과 사치스러움을 깨닫지 못했다. 이제 앞문으로 나가 보니 바깥뜰만 수백 칸이 되었다. 삼사가 거느린 식솔들이 모두 이 집에 들었음에도 그들이 어디에 있는지조차 모를 정도로 집이 크고 넓었다. 비단 우리 일행이 머문 구역만 넓고 넓어 여유가 있는 게 아니었다. 오는 상인과 가는 나그네가 끊이지 않고 이어졌다. 수레 이십여 대가 문이 메도록 들어오는데, 수레 하나에 묶인 말과 노새가 대여섯 마리임에도 워낙 넓은 공간인 탓에 떠들썩한 소리가 들리지 않았다. 마치 큰 장사꾼이 물건을 깊이 감추어 두고 가게를 텅 비게 해 놓은 것 같았다. 대개 여유 있게 배치한 모든 것이 본래부터 워낙 규모가 있어 서로 방해되는 구석이라곤 찾아볼 수가 없었다.
천천히 걸어서 문을 나서니 번화하고 화려한 모습이 눈에 들어왔다. 비록 황성에 도착하더라도 이보다 더하지는 않으리라는 생각이 들었다. 중국이 이처럼 번성했을 줄은 미처 생각지도 못했다. 좌우에 들어선 점포들이 휘황찬란하게 이어졌다. 아로새긴 창문, 비단을 바른 문, 그림 같은 기둥, 붉은 칠을 한 난간, 푸른 현판, 금빛으로 쓴 점포 간판도 놀라웠지만 소장하고 있는 물건들이 모두 중국의 진기한 것들임이 더욱 놀라웠다. 변방의 궁벽한 촌구석에도 정밀하고 치밀한 감식안과 우아한 식견이 있음을 알 수 있겠다.[25]

황성에 도착한 뒤에는 물론 생각이 바뀌었다. 봉황성의 번화함은 황성의 발끝에도 미치지 못했다. 그 사실은 위로가 되기는커녕 남자의 마음을 더욱 흔들어 놓기만 했다. 남자가 사는 조선 땅에는 눈을 씻고 찾아 봐도 봉황성만 한 곳도 없었던 것이다. 그랬기 때문에 남자는 명문가의 후손임에도 여기餘技에 지나지 않는 윤회매를 팔아 돈을 받아 볼 생각까지 했던 것이다. 훗날 남자가 연경의 융복사 장터에서 고관대작들이 직접 장터 여기저기를 돌아다니며 물건을 구입하는 과정을 유심히 본 것은 윤회매와 얽힌 그 기억 때문이었다. 그들이 찾는 것은 골동의 술잔이나 솥, 서책, 유명인의 글씨, 그림 등이었다. 높은 신분의 그들이 나선 것은 잘 알지도 못하는 아랫사람을 시켜서 일을 구차하고 어렵게 만들기보다는 차라리 자신이 직접 판단하고 처리하는 것이 더 명쾌하다고 생각했기 때문이다. 논리적인 생각이지만 그것은 청나라에서나 가능한 일이었다.

남자는 다시 가지를 향해 손을 뻗었다. "한겨울에 흰색 석류꽃이라니."

덧없는 환상의 효력은 짧았다. 흰색 석류꽃은 어느새 사라졌고 쉼 없이 내리는 눈만이 가지를 덮고 있었다. 남자는 한숨을 쉬었다. 윤회매에 대한 저간의 사정, 그리고 봉황성의 영화가 느닷없이 연결 지어진 이유에 다시 집중했다. 가슴이 무거워졌다. 그렇다. 문제는 바로 가난이었다.

남자의 사정은 결혼 후에도 조금도 나아지지 않았다. 집이 너무 좁은 탓에 남자의 아내는 친정에서 지내는 날이 많았다. 그럼에도 아내가 단 한 번도 불만을 토로하지 않은 것이 남자는 고맙고 또 고마웠다. 온갖 미안함을 기억해 두었다가 아내에게 어렵사리 마련한 돈 스무 냥을 보자기에 담아 준 일이 떠올랐다. 아내는 그 돈을 마다하며 이렇게 말했다. "집안 살림을 책임지고 있는 형수님은 늘 가난하고 쪼들리십니다. 이 돈을 왜 저한테 주십니까?"

남자는 애써 아내 생각을 지웠다. 아내는 남자가 관직에 진출한 지 6개월도 못 되어 세상을 떠났다. 형수는 그보다 전에 세상을 떠났다. 그 뒤로 남자의 사정은 바뀌었다. 영화랄 것은 없지만 이제 내일 먹을 것 걱정은 하지 않고 살 정도는 되었다. 작은 호사마저 함께하지 못하고 세상을 떠난 그들을 생각하니 더 마음이 아팠다.

가난을 말했으니 쓸쓸함을 말할 차례였다. 가난해도 견딜 수 있었던 것은 벗들 덕분이었다. 윤회매를 만들고 팔고 돈을 나누며 함께 낄낄댈 수 있는 벗들 덕분이었다. 함께 노래 부르고 술 마시고 격정을 토로할 수 있는 벗들 덕분이었다. 그렇지만 벗들 또한 영원하지는 않았다. 벗들과 보내는 그 세월은 윤회매처럼 영원히 지지 않으리라 믿었지만 그 세월은 윤회매가 아닌 피고 지는 여원 매화꽃에 더 가까웠다.

가장 먼저 남자의 곁을 떠난 이들은 역설적이게도 서얼인 탓에, 관직에의 진출이 원천 봉쇄된 탓에, 결코 그런 일이 없으리라 은연중에 굳게 믿었던 이덕무와 박제가와 유득공이었다. 떠났다고 말하는 것은 어폐가 있을 것 같다. 엄밀히 말하면 그들은 남자의 곁을 떠난 게 아니라 규장각의 검서가 된 것이므로. 서얼인 그들, '별종'인 그들이 검서가 된 것은 어찌 되었건 간에 축하할 일이었다. 단지 축하할 일이 아니라 함께 감격해야만 하는 일이었다.

그들은 속물이 아니었다. 검서가 된 뒤로도 그들은 남자에 대한 태도를 바꾸지 않았다. 그들은 우정의 가치를 그 무엇보다도 높이 여겼다. 그리하여 책을 교열하다 짧은 틈이라도 나면 남자를 찾아와 온갖 이야기를 털어놓곤 했다. 가히 세상 모든 일에 관해 모르는 것이라고는 없는 그들과의 대화는 언제나 남자를 흐뭇하게 만들었다. 그럼에도 남자는 전과는 다른 미세한 벽이 그들과 남자 사이에 존재하는 것을 느꼈다. 그들이 남자를 찾아와서 하는 대화 중 태반은 규장각에 관한 것이었다. 규장각 내부에서 벌어지는 일들, 새로 교정보는 책들, 임금의 전교 따위에 관한 말들은 흥미로웠지만, 아무래도 하나 건너의 이야기라 열의를 불러일으킬 만한 것은 못 되었다. 그렇다고 고마운 벗들에게 노골적으로 싫어하는 티를 낼 수도 없는 일이었다. 그들이 규장각 이야기에 열을 올리는 동안 남자는 가끔씩 바깥 풍경을 보곤 했다. 그러다가 문득 거울에 비친 자신의 모습을 보고는 깜짝 놀라기도 했다. 거울 속의 남자는 세상에 홀로 남기라도 한 것처럼 지치고 쓸쓸한 얼굴을 하고 있었다.

일찌감치 죽은 벗들도 있었다. 손재주가 뛰어나 못 만드는 것이 없던 벗 정철조가 가장 먼저 세상을 떠났다. 학문은 물론이고 기계와 벼루와 지도 제작에도 솜씨가 뛰어난 정철조였다. 청나라에 다녀온 뒤 남자는 정철조에게 부탁해 연경의 지도를 그리게 했다. 정철조의 솜씨는 뛰어났다. 지도를 펴자 황성의 성곽, 연못, 궁궐, 거리, 동네, 관청 등이 마치 손금을 보듯 환하고, 사람들이 신발을 끌고 돌아다니는 소리가 종이 위에서 들리는 것 같은 착각을 느꼈다. 남자가 『열하일기』 중 「황성구문」이라는 장을 쓸 수 있었던 것은 온전히 정철조 덕분이었다. 남자는 정철조가 죽은 뒤 그와 나누었던 말 이야기를 기억에서 꺼내 『열하일기』에 새로 집어넣었다. 그것은 남자 나름의 정철조를 추모하는 방식이기도 했다. 그 장면은 이러했다.

내가 무심코 태학관 문밖으로 나오니, 말 떼 수백 필이 문 앞을 지나갔다. 엄청나게 큰 말을 탄 목동이 손에는 수숫대 하나만 쥔 채 그 뒤를 따라갔다. 그 뒤로 소 삼사십 마리가 코뚜레도 하지 않고 뿔도 묶지 않은 채 지나가는데, 뿔은 모두 길이가 한 자 남짓했다. 소의 빛깔은 푸른색이 많았다. 그것으로도 끝이 아니었다. 노새 수십 마리가 다시 그 뒤를 따라갔다. 목동이 절굿공이만 한 큰 막대기를 쥐고서 있는 힘을 다해 앞에 있는 소를 한 번 때리자, 소가 놀라서 씩씩거리며 앞으로 튀어나

가니 모든 소들이 그 뒤를 따라갔다. 대오를 맞추어 나가는 모양이 마치 군대가 행진하는 것 같았다. 천천히 걸어가며 살펴보니, 집집마다 문을 열고 말과 나귀, 소와 양을 몰아서 나오는데 대체로 수십 마리 이상씩이었다. 머리를 돌려서 태학관 밖에 묶어 둔 우리나라 말들을 살펴보았다. 한심함이 절로 몰려왔다.

언젠가 정석치와 함께 우리나라에서 태어나는 말의 값을 따진 적이 있었다. 내가 말했다. "수십 년이 안 되어서 응당 머리맡에서 말을 먹이고, 부싯돌 담는 통을 말구유로 쓰게 될 것이네."

석치가 물었다. "도대체 무슨 말인가?"

내가 웃으며 답했다. "이른 가을에 깐 보잘것없는 서리병아리의 종자를 번갈아서 받으면 4, 5년 후 베개 속에서 울 정도의 작은 닭이 된다네. 이를 베개닭이라는 뜻의 침계라고 부르네. 말도 마찬가지일세. 애당초 종자가 워낙 작으니, 종내에는 작고 작아져 어찌 침마가 되지 않을 수 있겠는가?"

석치가 웃으며 이야기를 이어갔다. "우리가 더 늙으면 새벽에 잠이 더욱 없어질 터이니 베개 속에서 닭소리를 듣고, 침마를 타고 측간에 가는 것도 그리 나쁘지 않겠네. 문제는 그것뿐만이 아니라네. 세속에서는 말의 교배를 꺼려하기 때문에 말은 늙어 죽을 때까지 동정으로 사는 경우가 많지. 나라 안의 말이라고 해 봐야 그 수가 수만 필도 되지 않는다네. 그런데 그나마 있는 말에게 교배를 붙이지도 않으니 말이 무슨 수로 번식하겠는가? 이는 나라의 말을 해마다 수만 필씩 잃어버리는 셈이나

마찬가지라네. 수십 년이 안 되어서 말이든 침마이든 간에 모두 멸종될 것이 분명하다네."²⁶

　새벽에 베개 속에서 닭소리를 듣고 침마를 타고 측간으로 가는 일은 불가능해졌다. 말의 멸종을 보는 일도 불가능해졌다. 정밀한 지도를 받아 보는 일도 불가능해졌다. 벼루에 미쳐 호까지 석치라 했던 그의 뛰어난 솜씨를 보는 일도 불가능해졌다. 그 이유는 단 하나, 정철조가 죽었기 때문이다.

　정철조에 이어 홍대용이 세상을 떠났다. 남자는 벗들도 없이 혼자 청나라로 갔으나 기실 혼자 여행한 것만은 아니었다. 남자에 앞서 청나라를 다녀온 홍대용은 남자가 새로운 문물을 접할 때마다 잊지 않고 나타나 말동무가 되어 주었다. 남자는 책문 안 집들의 높고 깔끔한 모습과 짐 싣는 마차가 길 가운데로 종횡무진 누비는 것을 보며 홍대용이 했던 "그 규모는 크고, 기술을 세밀하다"는 말을 떠올렸다. 덕분에 남자는 놀라지 않고 미리 짐작이라도 한 것처럼 눈썹 하나 꿈틀거리지 않고 태평하게 행동할 수 있었다. 다리 하나의 길이가 2백 리에 이르는 보고도 믿기지 않는 진풍경을 목격하고도, 그 다리의 양쪽 난간이 먹줄로 한번 퉁겨 놓은 듯 반듯한 것을 보고서도 하나 놀라지 않은 것은 홍대용의 "중국의 보이지 않게 전해 내려오는 기법은 정말 대적할 수가 없다"라는 말을 기억했기 때문이었다. 남자는 길을 가는 수레를 보고서는 홍대용의 말을 생각했고, 중국인 선비들과의 만남에서는 홍대용의 말을 인용했고, 천주당에 들어가서는 홍대용이 알려준 풍금의 원리를 떠올렸고, 법장사 탑에 이르러서는 일찍이 홍대용이 써서 남긴 그의 이름을 커다란 손으로 어루만졌다. 홍대용이 죽은 후 남자는 그가 청나라에서 만나 교유했던 육비와 반정균에게 그의 부고를 보냈다. 간소하게 장례를 치러 달라는 약속도 충실히 지켰다. 남자는 죽은 벗들을 생각하며 눈을 감았다. 정철조의 제문에 썼던 글들이 천천히 떠올랐다.

석치가 참말로 죽었으니 귓바퀴가 이미 뭉그러지고 눈망울이 이미 썩어서, 정말 듣지도 보지도 못할 것이며, 젯술을 따라서 땅에 부으니 참으로 마시지도 취하지도 못할 것이다. 평소에 석치와 서로 어울리던 술꾼들도 참말로 뒤도 돌아보지 않고 자리를 파하고 떠날 것이다. 그들은 진실로 뒤도 돌아보지 않고 파하고 가서는 자기네들끼리 서로 모여 크게 한잔할 것이다.[27]

제문치고는 기괴한 제문이었다. 그러나 한껏 쓸쓸해진 남자는, 느닷없는 죽음에 화가 난 남자는, 그런 식으로라도 홀로 남은 자신의 마음을 표현해야만 했다. 이목을 의식한 형식과 추모보다는 그 진심의 토로가 남자에게는 더 중요했다.

남자는 옷에 묻은 눈을 턴 뒤 방으로 들어왔다. 내리는 눈은 쓸쓸한 기억을 더 쓸쓸하게 만들었다. 그렇다. 가난과 쓸쓸함은 그렇게 연결이 되었다. 가난하기만 했더라도 남자는 관직에 진출하지 않았을 것이다. 쓸쓸하기만 했더라도 남자는 관직에 진출하지 않았을 것이다. 남자는 가난하고 쓸쓸했다. 윤회매를 만들던 시절에는 가난했지만 쓸쓸하지는 않았다. 그 벗들이 바빠지거나 세상을 떠나자 남자는 마침내 가난하고 쓸쓸하게 되었다. 남자는 그 가난함과 쓸쓸함을 견딜 수 없었다. 그리하여 마침내 선공감 감역이 되어 녹을 먹다가 벗이 보내는 겉은 다정하나 속은 냉랭한 편지를 받기에 이른 것이었다.

6

　남자를 발탁한 임금은 그 뒤로도 남자에 대한 호의와 배려
를 숨기려 하지 않았다. 물론 거기에는 그럼직한 연원이 있었
다. 남자의 삼종형인 박명원은 영조 임금의 딸인 화평옹주의
남편, 즉 임금의 고모부였다. 화평옹주가 일찍이 세상을 떠났
기에, 또한 그 화평옹주가 임금의 할아비인 영조 임금과 아버
지인 사도세자 사이에 다리를 놓기 위해 많은 애를 썼기에, 거
기에 더해 박명원 또한 어려울 때마다 사도세자의 편을 들었기
에, 거기에 더해 사도세자의 능을 수원으로 옮기는 일에도 남
보다 더한 열성을 보였기에 임금은 변함없이 박명원을 신뢰하
고 존경했다.

　임금의 호의와 배려가 극명하게 드러난 사건이 하나 떠올랐
다. 임금이 사도세자의 무덤인 현륭원으로 행차할 때의 일이었
다. 주교舟橋를 처음으로 완성해 낙성식을 올리기로 되어 있는

데, 주교사 제조들이 남자를 초대했다. 뜻밖의 일이었다. 임금이 참가하는 낙성식에 미관말직의 인사가, 그것도 음관 출신이 참여하는 법은 없었다. 남자는 분명 착오가 있으리라 생각하고 거절했다. 마침 학질을 앓고 있는 것도 좋은 핑계거리가 되었다. 그런데도 계속해서 연락이 왔다. 나중에 보낸 쪽지에는 제법 심각한 사연이 적혀 있었다. "가마를 타고서라도 참석하지 않으면 안 되겠소이다. 우리가 공과 더불어 술이나 마시려고 그러는 게 아니외다."

남자는 비로소 그들이 남자를 부르는 까닭이 자의에 의한 것이 아니라는 사실을 알아차렸다. 남자의 생각이 맞았다. 아픈 몸을 끌고 낙성식에 참가한 남자는 제조 중 한 명으로부터 이런 이야기를 들었다. "실은 임금이 부르신 것이오. 임금이 당신을 꼭 참가시키라고 말했단 말이오."

기대, 혹은 걱정과는 달리 그날의 낙성식에서 특별한 일은 벌어지지 않았다. 아니다. 그렇지는 않다. 특별하다고는 할 수 없으나 무심히 넘겨 버릴 수도 없는 사건이 하나 있기는 했다. 낙성식이 끝나고 잔치가 열리는 도중 임금이 삼종형인 박명원을 불러 술을 한 잔 하사했다. 임금의 술잔을 받은 박명원이 잠시 후 남자에게 와서 하는 말, "자네 요즘도 좋은 글을 쓰고 있느냐고 임금께서 물으시더군."

남자는 박명원에게 뭐라고 답했는지를 물었다. 박명원은 귓속말로 이렇게 대답했다. "좋은 글을 쓰고 있다고 대답했네. 뭐랄까, 『열하일기』와는 전혀 다른 형식의 글로 말일세."

남자는 살짝 고개를 돌려 임금이 앉은 곳을 바라보았다. 우연일까, 마침 임금도 남자를 보고 있었던 것은. 남자는 재빨리 고개를 숙였다. 잠시 후 다시 고개를 들어 보았을 때 임금의 시선은 이미 사라지고 없었다.

관료 사회에 비밀은 존재하지 않는다. 임금이 음관인 남자를 낙성식에 부른 일은 작은 화제를 몰고 왔다. 모두들 다가와 임금의 특별한 관심에 대해 이야기를 하며 부러워했다. 보통 사람 같으면 감읍했겠지만 남자는 그렇지 않았다. 당장 귀찮은 일이 생겼다. 임금이 관심을 보였다는 이야기가 나돌자 심환지나 정일환 같은 당대의 모사꾼들이 남자를 찾아오기 시작했다. 그들이 원하는 바는 명확했다. 이왕 관직을 얻고 정계에 진출했으니 자신들의 편에 서달라는 것! 일리가 없지는 않았다. 젊은 시절 남자는 같은 당파인 심환지와 꽤 가깝게 지냈으므로. 하지만 남자는 그때의 남자가 아니었다. 남자가 관직을 얻은 것은 앞서도 말했듯 가난함과 쓸쓸함을 면하기 위해서였지 세도를 누리고 자신의 목소리를 높이기 위함이 아니었다. 남자는 우스갯소리를 섞어서 자신의 뜻을 넌지시 밝혔다. 임금이 자신에게 특별한 관심을 가질 이유가 없다는 것이며, 자신은 그저 가난을 면하기 위해 관직을 얻은 것뿐이라는 말들이 유난히 강조되었다. 눈치 빠른 심환지는 남자의 과장된 언어 속에서 그에게 아무런 정치적 야심이 없음을 곧바로 잡아냈다. 심환지는 망설이지 않고 자리에서 일어났다. 그때 심환지의 얼굴에 떠올랐던 묘한 웃음을 남자는 좀처럼 잊지 못했다. 안심의 웃음인지, 비웃음인지, 그도 아니면 연민의 웃음인지. 외모와는 다르게 감정의 변화에 예민한 남자이건만 그 웃음의 의미를 남자는 여태껏 완벽하게 파악하지 못했다.

　남자가 관직에 진출한 지 3년이 조금 지났을 무렵 또 다른 죽음이 찾아왔다. 돈독했던 형 박명원이 세상을 떠난 것이다. 임금은 제문과 신도비를 직접 짓는 수고를 아끼지 않았으며, 남자에게는 묘지명을 쓰도록 했다. 남자의 슬픔은 제법 컸다. 반남 박씨 치고는 유별난 남자를 아버지처럼 아껴 준 이가 바로 박명원이었다. 집안에 해결하기 어려운 일이 생길 때마다 박명원은 남자와 상의해 일을 처리하라 말하곤 했다. 그 이유는 이러했다. "그는 일을 논함이 명쾌하고 사사로운 감정을 개입시키지 않는다."

　사사로운 감정을 개입시키지 않는다고 남자를 칭찬했지만 박명원의 묘지명을 쓰는 동안 남자는 그 사사로운 감정이 수시로 떠올라 마음을 아프게 하는 바람에 몹시도 애를 먹었다. 세심정 시절도 떠올랐지만 아무래도 가장 빈번하게 떠오르는 것은 열하에서 보낸 날들에 관한 감정이었다. 남자는 열하로 가는 동안 밤이면 밤마다 정사인 박명원과 마주 앉아서 이야기를 나누었다. 그 즈음 박명원의 걱정은 생각보다 자주 비를 만나 일정이 며칠씩 지체되는 것, 그 한 가지였다. 남자는 특유의 우스갯소리로 박명원을 위로하려 했지만 박명원의 표정은 무겁기만 했다. 그의 생각은 이러했다. "세상의 일에는 짐작할 수 없는 것이 있네. 만에 하나라도 우리 사신에게 황제의 생일 전에 열하로 오라는 명이 내리면 날짜가 부족할 것이니 장차 어찌할 것인가? 설령 열하로 가는 일이 없다 하더라도 응당 황제의 생일날에는 황성 안에 도착해야 할 터인데, 만약 심양과 요동 사이에서 또 물에 길이 막힌다면, 이야말로 속담에 '새벽부터 밤새 가도 문턱에도 못 미친다'는 격일세."

　그렇게 걱정을 하던 끝에 박명원은 결단을 내렸다. 강물을 건널 계책을 마련하고 일정에 속도를 더하기로 한 것. 그러한 조치에 대한 반발은 꽤 거셌다. 자신들의 경험을 앞세운 일견 일리 있는 반발에도 박명원은 조금도 흔들리지 않았다. "나는 나랏일을 하러 왔으니, 물에 빠져 죽더라도 이는 내 직분에서 감당해야 할 일일 뿐이다. 어찌할 것인가?"

　남자 또한 짜증이 나기는 마찬가지였다. 그 이유는 단순했다. 무엇보다도 열하에 갈 이유가 없다고 생각했기 때문이다. 황제가 조선 사신단에 그 정도로까지 지대한 관심을 갖고 있을 리 없다고 생각했기 때문이다. 그때의 심정은 『열하일기』에 다음과 같이 기록되어 있었다.

　당시 날씨는 무척이나 더운 데다가 어떤 곳은 비록 비가 오지 않아 땅이 말라 있어도 또 어떤 곳은 물바다를 이룬 적도 있었으니, 이는 모두 천 리 밖에서 폭우가 쏟아진 탓이었다.

　물을 건너갈 즈음에 모두 부들부들 떨고 현기증이 나며 얼굴이 새파랗게 질려 하늘을 쳐다보며 제발 목숨을 살려달라고 속으로 빌지 않은 사람이 없을 정도인 적이 여러 차례였다. 겨우 저쪽 편 언덕에 도착하고 나면 서로 돌아보며 위로하고 축하하며 마치 거듭 태어나서 만난 것처럼 기뻐했다. 기쁨의 순간은 짧았다. 또다시 앞에 있는 강물이 방금 건넌 물보다 더 크다는 보고를 받을 때는 서로 아연실색하여 멀뚱멀뚱 쳐다보며 낙심에 빠졌다. 그럴 때에도 정사는 흔들리지 않았다. "제군들은 염려하지 말라. 나라님의 신령이 도와주지 않을 리가 없다."

간신히 물을 건넜으나 몇 리를 못 가서 또 물을 만나기도 하여, 어떤 때는 하루에 일고여덟 차례나 물을 건널 지경이었다. 숙소인 역참을 건너뛰어 쉬지 않고 계속 가는 일도 많았다. 문제가 생겼다. 더위를 먹고 죽는 말들이 생겨났고, 사람들도 더위를 먹어 구토와 설사를 했다. 그럴 때면 사람들은 정사에게 책임을 돌렸다. "열하로 갈 까닭이 있겠어? 괜한 걱정에 역참을 건너뛰어 쉬지도 않고 가다니. 이런 더운 날씨에 말이야. 전에는 한 번도 없던 일이라고."

"나라의 일이 중대한 걸 누가 모르나? 하지만 자기 몸도 생각 좀 하셔야지. 정사께서 늙고 병든 몸으로 이렇게 함부로 몸을 가볍게 놀리다가 덧나기라도 한다면 도리어 그 일을 그르치고 말 게야."

"너무 잘하려고 하다가는 도리어 낭패 보기 십상이지."

8월 초하룻날 마침내 황성에 들어오게 되었다. 정사는 곧바로 예부로 가서 황제에게 올리는 글을 바쳤다. 그 뒤로 서관에 나흘이나 묵었으나 조용할 뿐 특별한 움직임은 없었다. 모두들 한 마디씩 내뱉었다. "이제 다른 걱정거리가 없게 되었네. 정사께서 매번 우리 말을 듣지 않으시더니만 그 결과가 어떠한가? 일에 대해서는 우리가 더 빠삭하다는 걸 알아야지. 역참에서 쉬고 왔더라도 열 사흗날의 황제 만수절에는 늦지 않게 도착하고도 남았을 터인데."

열하에 가는 문제는 더 이상의 걱정이 아니었다. 정사도 그

제야 열하에 대한 염려를 놓았다.[28]

그것으로 끝난 게 아니었다. 일은 그렇게 편안한 방향으로는 마무리되지 않았다. 3일 뒤, 열하로 오라는 명령이 떨어졌다. 박명원이 서두르지 않았더라면 그야말로 경을 칠 뻔한 사태가 발생했을 터이다. 박명원에 대한 비난은 존경으로 바뀌었다. 그 뒤로 박명원의 결정에 뭐라 반대하는 이가 없어진 것은 두말할 나위가 없었다. 박명원에 대한 회상은 조금은 난처한 장면으로 이어졌다. 웬만한 일에는 꿈쩍도 않던 박명원을 흔들리게 한 것은 작은 물건이었으니, 그것은 바로 반선 라마가 선물로 준 금불상이었다. 황제의 명령으로 반선 라마를 억지로 접견한 것도 못마땅한 일인데 금불상까지 받게 되었으니 사태는 손쓸 수 없을 정도로 복잡해졌다. 박명원은 금불상을 숙소에 들이지 않기 위한 방안을 고심했지만 사방에 보는 눈이 있는 까닭에 할 수 없이 숙소 안으로 가져오고 말았다. 남자는 밤이 되자 박명원에게 넌지시 물었다. "불상을 처리할 좋은 계책이라도 마련하셨습니까?"

"수석 역관에게 작은 궤짝을 하나 짜라고 일러두었다네."

궤짝 안에 넣어 갈 것이라는 뜻으로 한 말이었다. 남자는 이를 두고 농을 지껄였다.

"잘하셨습니다."

"잘했다니, 그게 무슨 뜻인가?"

"그까짓 것 강물에 띄워 버리려고 하는 것이겠지요?"

박명원은 그제야 농담인 줄 알고 허허 웃음을 터뜨렸다. 하루 종일 근심 가득한 얼굴을 하고 있던 삼종형의 웃음이 반가워 남자는 계속해서 농을 퍼부어 댔다. "지금 이 불상이 불행하게도 나무로 된 부처에 도금을 한 것이기 때문에 모두들 이단이라고 물리쳐서 깨끗이 포기를 하는 것입니다. 하지만 말입니다, 정말 금부처라면 어떻겠습니까? 아마도 이단을 물리치자는 논의는 쑥 들어갈 것이고, 정색하고 다시 의논해 보자고 할 것입니다."

남자의 말에 박명원은 숙소가 떠나갈 정도로 크게 웃었다.

그 웃음소리가 꼭 곁에서 들리는 것만 같아 남자는 얼굴을 찌푸렸다. 들을 수 없는 웃음소리를 회상하는 것은 결코 유쾌하지 않았다. 남자는 그렇게 수도 없이 떠오르는 사사로운 감정을 눌러가며 묘지명을 썼다. 그 글은 이렇게 끝난다.

임종할 때에 조카 종악의 손을 잡고서 이렇게 말했다. "내가 세 조정의 은혜를 받았는데도 티끌만큼도 보답한 것이 없으니, 죽어도 눈을 감지 못하겠다."

유서를 초하려다 하지 못해 입으로 불렀는데, 사사로운 일은 한마디도 언급하지 않았다. 공 같은 이는 나라의 충신이라 이를 만하니, 충희忠僖라는 시호를 얻음이 역시 합당하지 않겠는가!

명銘은 다음과 같다.

위의威儀 있는 금성위여
화평옹주 배필 되어

138

왕실에 공이 있었나니
두 분 함께 아름답고 곧았도다
공公을 옛사람과 견주어도
뉘가 더 위대하리.[29]

박명원은 죽었지만 남자에 대한 임금의 호의와 배려는 결코
끝나지 않았다. 자칫 관리로서의 생명이 끝날 수도 있는 중대
한 사건에서 남자를 구해 준 이도 바로 임금이었다. 남자가 의
금부 도사로 있을 때였다. 임금의 어가가 갑작스럽게 문효세자
의 묘인 효창묘로 향했다. 남자는 고훤랑, 즉 백성들이 가마에
몰려들지 않도록 막고 그 사정을 임금에게 전하는 임무를 맡았
다. 그런데 정신없이 서두른 탓에 활과 화살을 준비하지 못했
다. 뒤늦게 그 사실을 깨닫고 임시방편으로 다른 이의 것을 빌
려 썼지만 화살에 이름을 새길 여유는 없었다. 선전관은 임금
의 분부를 전한 후 고훤랑에게 전했다는 것을 보고하기 위해
화살을 가져갔다. 화살에 이름이 없는 것을 본 임금은 격노했
다. 궁으로 돌아간 뒤 처벌을 하겠다는 선전관의 말에 남자는
종내 불안했던 가슴이 덜컥 내려앉는 느낌이었다. 처벌을 각오
하고 마음을 다잡았을 무렵 임금의 새로운 전교가 떨어졌다.
그 전교는 이러했다. "고훤랑이 잘못을 범한 건 오활한 탓이니
특별히 정상을 참작해 용서하기로 한다."
    처벌을 받지 않은 것은 다행이었다. 그러나 남자의 마음은
편치 못했다. 전례가 없는 일이라는 게 마음에 걸렸다. 임금이
여전히 자신을 특별한 존재로 여기고 있다는 사실이 마음에 걸

139

렸다. 말하기 좋아하는 이들이 이 사건을 두고 한마디씩 떠들어댈 것은 불문가지였다. 떠도는 말들을 유난히 싫어하는 남자가 선택할 수 있는 길은 한 가지밖에 없었다. 관직에서 물러나는 것.

어찌된 까닭인지 임금은 남자를 놓아주지 않았다. 남자는 사헌부 감찰에 임명이 되었으나 '사헌'이라는 이름이 중부仲父와 같다는 이유를 들어 고사했다. 그러자 제릉霽陵을 관리하는 제릉령에 취임하라는 명령이 내려왔다. 남자는 잠시 고민하다 이번에는 사양하지 않았다. 두 가지 이유가 있었다. 한직이라는 것이 첫 번째 이유였으며, 연암협이 가까이 있다는 것이 두 번째 이유였다. 제릉령을 지내던 1년여의 시절이, 회고해 보면 남자에게는 가장 평안한 시절이었다. 그 시절에 쓴 시에 그 여유가 그대로 묻어나 있다.

한두 잔 막걸리로 혼자서 맘 달래네
백발이 성글성글하니 탕건 하나 못 이기네
천년 묵은 나무 아래 황량한 집
한 글자 직함 중에서도 쓸데없이 많은 능관陵官이라네
맡은 일 시시하여 신경 쓸 일도 별로 없지만
그래도 닭갈비처럼 버리기는 아깝다네
만나는 사람마다 지난겨울 괴로웠다 말하는데
나는 재실에 있느라 추운 줄도 몰랐다네.[30]

남자는 틈날 때마다 연암협에 들어가 원고를 정리하며 시간을 보냈다. 그동안에도 사람들은 쉬지 않고 입을 놀려댔다. 이유는 이러했다. 임금의 신임이 극에 달한 터에 제릉령이라는 별 볼일 없는 직위에 만족하며 지내는 것이 이상하다는 것이었다. 임금 또한 남자를 마냥 내버려 둔 것은 아니었다. 1791년에 남자는 한성부 판관에 임명되어 다시 서울로 올라오게 되었으니. 공교롭게도 이 시기는 흉년으로 곡물 값이 폭등하던 때였다. 곡물 값을 잡기 위해서는 상인들의 매점매석을 금지해야 한다는 것이 당시 관리들의 지배적인 여론이었다. 그러나 남자의 생각은 달랐다. 남자는 시장에 인위적으로 개입하는 것을 반대했다. 부를 만들어 내는 원천이 상인이란 믿음을 갖고 있었기 때문에 가능한 일이었다. 청나라의 부와 영화가 자유로운 물건의 유통에서 비롯된다는 사실을 목격했기에 가능한 일이었다. 남자는 그러한 믿음을 바탕으로 자신의 의견을 개진했다.

"상인은 관에서 조종해서는 안 됩니다. 조종하면 물건 값이 고정되고, 물건 값이 고정되면 이익을 얻을 수 없게 되며, 이익을 얻을 수 없게 되면 가격을 조절하는 시장 기능이 마비되고 맙니다. 그렇게 되면 농민과 수공업자가 모두 곤궁해지고 백성들은 살아갈 바탕을 잃게 됩니다. 그러므로 상인들이 싼 곳의 물건을 사다가 비싼 곳에다 파는 행위는 실로 넘치는 것을 덜어내어 부족한 데다 보태 주는 이치인 것입니다."

논란에 종지부를 찍은 것은 임금이었다. 한성부가 한참 시끄럽던 그때 임금은 사람을 시켜 남자에게 편지 한 장을 보내왔다. 짧은 편지였고, 그 내용은 이러했다.

"네가 쓴 패관소설 속의 허생許生이 살아 움직이는 격이로구나."

칭찬인지 비판인지 알 수 없는 모호한 내용이었지만 아무튼 임금이 남자의 손을 들어준 것만은 분명했다. 그해 겨울 남자는 안의현감으로 임명되었다. 사람들은 임금이 남자를 진심으로 아끼는 것이 틀림없다고 떠들어댔다. 하지만 남자는 직감하고 있었다. 임금이 이유도 없이 선의를 베풀 사람은 아니라는 것을 말이다. 패관소설 속의 허생 운운하는 모호한 편지를 괜히 보낸 것은 아닐 터였다. 남자의 직감은 맞았다. 불과 1년이 지나지 않아 임금은 자신의 생각을 만천하에 드러냈다. 세상을 어지럽히는 패관소품 문체의 글, 순정하지 못한 글을 자신의 덕으로 제압하겠다는 생각을 비친 것이다. 그러니까 임금이 허생의 이름을 거론한 것은 일종의 경고였던 셈이다.

남자가 남공철을 통해 받은 한 통의 편지는 그러므로 실은 꽤 긴 세월을 기다려 도착한 것이었다. 임금은 즉흥적으로 남공철을 시켜 『열하일기』를 고치라고 명령한 편지를 쓰게 한 것이 아니었다. 임금은 『열하일기』가 처음 쓰인 그때부터 남자를 지켜보았고, 여러 차례 경고와 회유를 거듭하다가, 마침내 칼을 뽑아 든 것이었다. 아니다. 어쩌면 임금은 남자가 문명을 떨치던 그때부터 남자를 지켜보았을 수도 있다. 남자로서는 아무리 생각해도 알 수 없는 부분이기는 하지만 말이다. 어찌되었건 결론은 바뀌지 않는다. 임금은 참으로 무서운 사람이었다.

7

저녁이 되어도 눈은 그치지 않았다. 오랜 시간 가슴속에 자리 잡았던 가뭄 걱정은 이제 더 이상 하지 않아도 될 듯했다. 어둠과 눈에 잠긴 마을은 고요하기만 했다. 그렇지만 남자의 속은 풍경과는 정반대였다. 눌러도 눌러도 가슴속은 터질 줄 모르는 두꺼운 거품처럼 부풀어 오르기만 할 뿐이었다. 먹지 않아야 할 음식을 먹기라도 한 것처럼 더부룩한 것이 영 거북하기만 했다. 그 중심에는 물론 임금이 있을 터였다. 남자는 손바닥으로 배를 문지르면서, 그 우악스러운 손길로는 거북함이 사라지지 않을 것을 뻔히 알면서도 같은 동작을 반복하고 반복하며 임금을 생각했다. 집요하고 끈질긴 임금. 자신의 뜻을 관철하기 위해서는 매미의 새끼처럼 오래 기다릴 줄 아는 끈기를 지닌 임금. 다 주는 것 같지만 결국은 자신에게 고개 숙이고 완전히 복종하기를 원하는 임금. 그러한 임금의 모습은 왠지 낯

설지가 않았다. 그 기시감은 어디에서 비롯되는 것일까? 한참을 생각하던 남자가 무릎을 쳤다. 남자는 입술을 깨물고는『열하일기』의 원고를 펼쳤다. 그중의 한 대목을 소리 내어 읽었다.

주자는 중국을 떠받들고 오랑캐를 배척했던 인물이다. 황제 또한 일찍이 글을 써서 송나라 고종이 춘추대의를 몰랐다고 배척하고, 금나라와 강화를 주장한 당시 역적 진회의 죄를 성토하는 논의를 한 바 있다. 주자는 많은 서적에 주석을 달았던 인물이다. 황제는 천하의 선비란 선비는 다 모으고, 국내의 도서를 모두 거둬들여 도서집성과 사고전서 같은 방대한 책을 만들고 온 천하에 외치기를 "이는 주자가 남긴 말씀이요, 뜻이다"라고 했다. 황제가 걸핏하면 주자를 내세우는 까닭은 다른 뜻이 있는 게 아니다. 천하 사대부들의 목을 걸터타고, 앞에서는 목을 억누르며 뒤에서는 등을 쓰다듬으려는 의도이다. 천하의 사대부들은 한심해서 그 사실을 눈치채지도 못한다. 형식적이며 자잘한 학문에 허우적거리느라 그런 일을 알아차리지도 못하는 것이다.[31]

오랑캐에 대한 회유 정책은 사대부들에 대한 회유 정책과 하나 다르지가 않았다. 황제는 사대부를 통제한 방식을 그대로 오랑캐들에게 적용했다.

천하의 우환은 언제나 북쪽 오랑캐에게 비롯되는 법, 하여 그들을 복종시키기까지 강희 시절부터 열하에 궁궐을 짓고 몽고의 막강한 군사들을 유숙시켰다. 나라의 수고를 덜고 오랑캐로 오랑캐를 막는 법이 이와 같으니, 군사비용은 줄이면서도 변방을 튼튼하게 한 셈이다. 지금 황제는 열하에 머물면서 그 자신이 직접 이들을 통솔하여 변방을 지키고 있다. 서번은 억세고 사나우나 황교를 몹시 경외하니, 황제는 그 풍속을 따라서 몸소 자신이 황교를 숭앙하고 받들며, 그 나라 법사를 맞이하여 궁궐을 거창하게 꾸며서 그들의 마음을 즐겁게 하고 명색뿐인 왕으로까지 봉함으로써 그들의 세력을 꺾었다. 이것이 바로 청나라 사람들이 이웃 사방 나라를 제압하는 전술이다.[32]

임금은 묘하게도 청의 황제를 닮았다. 임금은 남자를 높이는 척하면서 결국은 자신의 뜻대로 움직이려 하고 있다. 양보할 것은 양보해 가면서 자신이 원하는 것을 다 얻으려 하고 있다. 남자는 혼자서 중얼거렸다. "그렇다면 나는 어찌해야 하나?"
『열하일기』를 뒤적거리던 남자가 피식 웃고 말았다. 다음과 같은 구절 때문이었다.

제왕이란 천하의 문자와 도량형을 같게 만들고, 제도를 하나로 통일하는 사람일 뿐이다. 청나라의 신하가 되려는 자는 그 시대 제왕의 제도를 따르는 것이 마땅하고, 청나라의 신하가 되지 않을 자는 그 시대 제왕의 제도를 따르지 않으면 그만이다.[33]

그 구절의 절묘함이 꼭 지금의 상황을 예견하고 쓴 것만 같았다. 그렇다. 문제도 명료하고 해답도 명료했다. 임금의 신하가 되려면 임금의 제도를 따르고, 그것이 싫으면 따르지 않으면 그만이다. 그러나 현실은 그렇지가 않았다. 정리는 간단하나 결행은 어려웠다. 남자가 자신의 이마를 손바닥으로 두드리며 큰 소리를 냈다. "나는 누구냐? 북쪽 오랑캐냐, 아니면 무지한 선비냐?"

눈은 소리 없이 잘도 내렸다. 그러면서도 쉼 없이 내렸다. 아마도, 남자는 편지를 써야 할 것이다. 남공철이 그랬듯, 김조순이 그랬듯, 이상황이 그랬듯 순정하고 바른 글을 써야 할 것이다. 그러지 않고서는 결코 이 일은 끝나지 않을 것이고, 눈은 남자를 뒤덮어 흔적도 남기지 않을 때까지 영원히 퍼부을 것이다. 그러나 어찌된 까닭인지 남자의 마음은 여전히 내키지가 않았다. 벗이 편지를 보내온 연원도, 앞으로의 일의 진행도 다 알고 있지만 마음은 여전히 내키지가 않았다. 고집이라 불러도 좋겠다. 혹은 자멸이라 불러도 좋겠다. 아무튼 남자는 편지는 쓸 생각도 하지 않고 그저 내리는 눈을 보며 긴 한숨을 토해 내는 것으로 자신의 속내를 드러낼 뿐이었다.

3장

벗과의 재회

1

성대중이 대궐에 부賦를 지어 올렸는데, 임금이 찍은 붉은
비점批點으로 눈이 부실 정도였소. 임금은 전箋을 올려 사은하게
하고 북청도호부사로 임명했고, 남 직각은 이를 위해 전별연을
베풀었소. 직각 서공, 강산 승지, 그리고 나와 혜보(유득공)도 참
석해 운韻을 내어 다 같이 시를 지었는데, 이는 임금의 명령이
있었기 때문이오. 보령재保寧宰가 감은문을 쓰고 부여재扶餘宰가
송죄문을 쓴 것도 그래서이고. 이에 대해서는 이미 각신의 관
칙關飭이 있었으니, 이미 받았으리라 믿소.

대개 이 일은 남 직각이 책문에다 '고동서화'古董書畵의 넉 자
를 쓴 데서 비롯되었소. 중원을 흠모하고 소설을 좋아한 것이
근일의 고질적인 폐단이 되었는데 성상은 이를 준엄하게 책망
했소. 남 직각과 이상황에게 문계問啓의 명을 내리기까지 한 것
은 이미 저보邸報에 났으니 형은 응당 보았을 것이오. 나는 이렇

게 생각하오. 이는 순수하고 고아한 풍습을 만회하고 큰 문운
文運을 진작시키는 일대 기회라고 말이오. 그러니 그대는 상황
을 제대로 헤아려 허물을 뉘우치고 성은에 감사하되, 지은 죄
를 자복하는 뜻으로 고문 한 편이나 칠언절구 10여 수를 짓도
록 하오. 순수하고 바른 것이 중요하오. 혹시라도 부화한 말을
쓰지 말도록 하고, 소위 말하는 소설 및 명나라 말엽, 청나라
초기에 사용하던 저속하고 경박한 말은 제발 쓰지 말도록 하
오. 다른 이들은 이미 시문을 지어 올렸으니 그대도 다 지었거
든 빨리 적어 올려 내각에 들이시오.'

　　자신이 몰고 온 눈이 그치기도 전에 벗이 찾아왔다. 벗은 허
리 숙여 인사를 건네고는 예의 그 우아한 몸짓으로 남자에게
새로운 편지 한 장을 내밀었다. 남자가 편지를 다 읽기까지는
제법 오랜 시간이 걸렸다. 긴 편지도 아니었다. 어려운 문자와
까다로운 인용으로 도배가 된 편지도 아니었다. 그럼에도 남자
는 문자 해독에 서툰 아이처럼, 천자문을 처음 접하는 의심 많
은 아이처럼 손가락으로 짚어 가며 더디게 한 줄 한 줄을 읽어
나갔다. 지루하기까지 했던 해독이 끝난 후 남자는 편지를 고
이 접어 봉투에 넣은 후 벗에게 다시 건넸다. 벗은 남자가 간직
해도 된다고 했지만 남자는 고개를 가로저었다. 머릿속이 복잡
해졌다. 방금 읽은 편지의 구절들은 좀처럼 머릿속에서 떠나지
않았다. 오랜 시간 정성 들여 읽은 보람은 있는 셈이라고 자위
했다. 남자는 무심함을 가장하듯 무미건조한 목소리로 벗에게
물었다. "형암이 초정에게 쓴 편지인가?"

벗은 이덕무가 박제가에게 보내기 위해 쓴 편지임을 명확한 목소리에 예의 바른 태도를 더해 다시 한 번 확인해 주었다. 남자는 고개를 끄덕거렸다. 끄덕거리기는 했지만 왜 끄덕거렸는지를 묻는다면 답할 말이 마땅치 않았다. 부드러움과 예민함이 동시에 느껴지는 편지의 문투만 봐도 이덕무가 쓴 편지임을 알수 있었다. 이덕무가 무엇인가를 간곡하게 요청한다면 그 대상은 박제가일 수밖에 없었다. 조용하면서도 꼬장꼬장한 이덕무는 박제가에게 말고는 자신의 속내를 쉽게 드러내지 않았다. 그렇다면 남자는 도대체 왜 고개를 끄덕거린 것인가?

남자는 자신이 부지불식간에 취한 행동에 대해 잠시 생각해 보았다. 몇 가지 이유가 떠올랐다. 올 것이 왔다는 깨달음이 아무래도 고개를 끄덕인 첫 번째 이유로는 가장 적당할 것 같다. 임금은 오래 전에 풀어 놓은 그물을 서서히 거두고 있는 중이었다. 그물은 크고도 세밀해서 무엇 하나 놓치는 법이 없었다. 이덕무와 박제가는 고기로 치면 잔챙이였다. 그들의 글이 보잘것없다는 뜻이 아니었다. 서얼인 그들의 신분, 임금이 '초목과 더불어 똑같이 썩어 가는 자'들이라고 표현한 그들의 사회적 위치를 고려해 보자면 그렇다는 것이다. 임금은 곧바로 남자를 압박할 수 있음에도 불구하고 남자의 문학적 동지라 할 '별종' 이덕무와 박제가를 먼저 압박하는 길을 택한 것이다. 그러고는 그 압박의 증거, 혹은 압박이 낳은 필연적인 결과물을 벗에게 들려 남자에게 보낸 것이다. 이는 곧 더 이상 빠져나갈 생각은 꿈도 꾸지 말라는 직접적인 협박에 다름 아니었다. 남자가 고개를 끄덕인 두 번째 이유는 일종의 의아함 때문이었다. 의아함과 고개를 끄덕이는 것은 물론 어울리는 조합이 아니다. 그렇다면 이렇게 말할 수 있겠다. 남자는 겉으로는 고개를 끄덕이고 있었지만, 실은 자신의 마음속 깊은 곳에서 떠오르는 의문들을 앞에 앉아 있는 벗, 자신의 항복을 받아내려는 벗에게 들키지 않으려는 의도를 담아 표출한 것이었다. 그 의문과 의아함의 핵심은 이렇다. 왜 이덕무는 박제가에게 순정하고 바른 글쓰기를 강요하는 편지를 보낸 걸까?

조용하면서도 꼬장꼬장한 이덕무였다. 외유내강이라는 사자성어가 누구보다도 잘 어울리는 이덕무였다. 자신의 독특한 생각이 담긴 글을 쓰기 위해 밤낮으로 애를 쓰는 이덕무였다. 책에 미친 간서치看書癡라는 별명을 그 무엇보다 사랑한 이덕무였다. 배를 곯아도 자신 앞을 지나가는 물고기 아니면 먹지 않는다는 청장靑莊을 호로 삼은 이덕무였다. 그런 이덕무가 "그러니 그대는 상황을 제대로 헤아려 허물을 뉘우치고 성은에 감사하되, 지은 죄를 자복하는 뜻으로 고문 한 편이나 칠언절구 10여 수를 짓도록 하오. 순수하고 바른 것이 중요하오. 혹시라도 부화한 말을 쓰지 말도록 하고, 소위 말하는 소설 및 명나라 말엽, 청나라 초기에 사용하던 저속하고 경박한 말은 제발 쓰지 말도록 하오. 다른 이들은 이미 시문을 지어 올렸으니 그대도 다 지었거든 빨리 적어 올려 내각에 들이시오"라고 쓰고 있는 것이었다.

별반 이상할 것 없지 않느냐고 물을 수도 있겠다. 이덕무가 소설에 대해서 눈살을 찌푸리는 경우가 종종 있었다는 증거가 있으므로. 박제가에게 보낸 다른 편지에서는 이덕무로서는 드문 적나라한 분노를 표출한 적도 있었으니.

김성탄은 나쁜 사람이며 『서상기』는 나쁜 책이오. 병석에 누웠으면 모름지기 심기를 안정시켜 담박하고 조용함으로 걱정과 병을 막아내는 방패로 삼아야 할 것이오. 그런데 붓으로 쓰고 눈으로 살피고 마음을 씀에 온통 김성탄뿐이니 도대체 말이 되기나 하오? 그러면서 의원을 맞아 약을 의논하려 한다고? 그대는 어찌하여 잘못은 깊이 깨닫지 못하는 것이오? 바라건대 그대는 김성탄을 붓으로 질책하고 책들은 불살라 버리시오. 그런 후 나와 같은 사람을 맞아다가 하루도 빠짐없이 『논어』를 읽어 나가야 비로소 병이 나을 것이오.²

이덕무는 박제가가 병에 걸린 이유를 엉뚱하게도 김성탄이 비평한 소설들을 읽은 것에서 찾았다. 가까운 벗에게 보내는 편지라 아무래도 다소의 과장을 피하기는 어렵다 치더라도 소설에 대한 이덕무의 혐오감만은 분명하게 드러나 있는 것이다. 이덕무는 『사소절』에서도 소설의 폐해를 반복해서 기록하고 있으니, 소설을 싫어하고 김성탄을 혐오한다는 주장은 꽤 합리적인 것처럼 보였다.

연의나 소설은 음란한 말을 기록한 것이니 보아서는 안 된다. 무엇보다도 어린 자제들이 보지 못하도록 해야 한다. 가끔 가다가 사람을 만나면 소설 내용을 끈덕지게 이야기하거나 심지어는 그것을 읽기를 권하는 이도 있다. 애석하도다! 사람의 무식이 어찌 이 지경에 이르렀을까?[3]

이쯤 되면 더 이상 할 말은 없어 보인다. 그러나 꼭 그렇게 생각할 것만도 아니었다. 이덕무에게는 또 다른 면이 있었다. 그가 쓴 또 다른 글들에서는 그토록 비난하던 김성탄의 글에 감동을 받은 마음을 피력하고 있으니.

"하루의 종말도 이에 불과할 뿐이고, 일생의 종말도 이에 불과할 뿐이고, 일대의 종말도 이에 불과할 뿐이다" 하였으니, 이는 김성탄의 말이다. 나는 이 글을 읽고 나서 머리가 멍해지는 것이 심해 한동안 정신을 차릴 수 없었다. 드러누워 지붕마루를 바라보며 생각했다. 그의 흉금은 어찌 그리 높고 깊은 것일까?[4]

일견 모순되어 보이는 이 언급들은 도대체 어떻게 이해해야 하는 것일까? 남자는 일찍이 이덕무의 소설에 대한 견해를 숙고한 뒤 나름대로 정리한 바가 있었다. 거칠게 말하자면 이렇다. 이덕무는 실은 소설을 싫어하는 것이 아니었다. 이덕무의 소설 비평은 그가 비판하는 김성탄에 맞설 정도로 전문적인 수준이었다. 그것은 이덕무가 소설을 꼼꼼하게 읽었다는 뜻이다. 박제가에게 보낸 편지를 다시 한 번 꼼꼼하게 읽어 보면 이덕무가 경계하는 것은 소설 자체라기보다는 소설이 사람의 마음을 완전히 흔들어 놓는 그 현상임을 알 수가 있다. 결론적으로 말하자면, 이덕무는 김성탄의 글이나 소설 자체를 싫어하는

것이 아니라 그 글과 소설들이 사람들의 마음을 지나칠 정도로
흔들어 놓는 것을 경계하는 것이었다. 그 결과 표면적으로 보
자면 소설을 싫어하는 주장을 하는 사람처럼 보이게 된 것이
었다. 일종의 고도의 전략이라고도 할 수 있겠다. 무슨 소리냐
고? 기실 그것은 이덕무가 원한 것일 수도 있다는 말이다. 무슨
엉뚱한 소리냐고? 이덕무가 사람들에게 자신은 소설을 싫어하
고 참신한 글을 싫어하는 사람으로 보이기를 원했을 수도 있다
는 뜻이다. 그렇게 보이기를 원한 까닭은 명확했다. 이덕무는
서얼이라는, 초목과 더불어 썩어 가는 자신의 출신 성분을 한
시도 잊은 적이 없는 사람이었다. 그랬기 때문에 그런 역경들
을 이겨내고 관직에 등용되었다는 것, 그것도 사대부의 필수품
인 서책을 다루는 검서가 되었다는 것은 이덕무에게는 크나큰
성취로 다가왔다. 이덕무는 그 점에 있어서는 예의를 넘어 거
의 비굴할 정도로 임금에게 고마움을 표했다. 이덕무는 물의를
일으켜 자신의 등용이 논란에 휩싸이는 것을 원치 않았다. 다
른 서얼들의 등용길이 자신의 잘못된 행동 때문에 막히는 것을
원치 않았다. 그리하여 그는 불만이 있더라도 여간해서는 튀는
삶을 살지 않기로 스스로에게 다짐했던 것이다.

그 결과는 어떠했나? 그는 원하는 바를 이루었나? 남자는
얼마 전 젊은 서생 유만주가 자신을 만난 자리에서 보여 준 글
하나를 떠올렸다.

근래의 문장가는 정가正家와 기가奇家 두 부류로 나눌 수 있
다. 정가는 당송팔가처럼 법도를 따르는 이들이고, 기가는 시

내암, 김성탄, 그리고 사대기서를 본받아 현묘함을 추구하는 이들이다. 당송팔가의 여파가 흘러서 사대부의 문장이 되었고, 시내암과 김성탄의 여파가 흘러서 남인과 서얼배의 문장이 되었다. 남유용이나 황경원은 당송의 법식을 모방했으며, 이용휴와 이덕무는 시내암과 김성탄의 현묘를 모의했다.[5]

혈기로 가득한 젊은이의 글이었다. 골수 노론 자제의 편견, 혹은 고문의 대가인 유한준의 아들이라는 어쩔 수 없는 제약이 가득한 글이었다. 그럼에도 그 글 속에는 숨길 수 없는 진실이 있었으니, 그것은 바로 이덕무가 김성탄의 현묘를 모의했다는 것이었다. 이 글이 말하고자 하는 바는 분명했다. 이덕무가 자신의 생각을 어떻게 포장해도 세속은 그의 글을 김성탄과 닮았다고 평가하고 있었던 것. 임금의 견해도 다르지 않았으리라. 그랬기에 임금은 이덕무에게도 별반 망설이지도 않고 자송문을 요구했으리라.

거기까지는 좋다. 남자가 이해할 수 없는 것은 왜 이덕무가 박제가에게 편지를 보냈느냐 하는 것이었다. 혐의를 벗기 위해서라면 그저 자송문을 써 내면 됐을 것이다. 그럼에도 이덕무는 박제가에게 편지를 썼다. 그 이유는 도대체 뭘까? 바로 그 점이 남자의 고개를 속내와는 달리 끄덕거리게 만든 것이었다. 좀처럼 해답을 얻지 못한 남자가 어쩔 수 없이 벗에게 물었다.

"형암의 건강은 좀 어떤가?"

지금껏 긴장을 풀지 않고 있던 벗의 얼굴이 급격히 어두워졌다. "앓아누웠다는 이야기를 들었습니다."

"상태가 별로 좋지 않은가?"

"며칠 사이에 털고 일어날 병은 아닌 것 같습니다."

남자가 다시 고개를 끄덕였다. 자기도 모르게 주먹을 움켜쥐었다. 비로소 이덕무의 심정이 이해가 되었다. 이덕무는 박제가를 염려해 편지를 보낸 것이었다. 칼날보다 날카로운 성격의 박제가가 자신의 글이 잘못되었다는 것을 인정하고 반성하는 자송문을 쉽사리 써낼 리가 없었다. 그런 박제가의 성격을 누구보다 잘 아는 이가 바로 이덕무였다. 건강하다면 서로를 방패 삼아 함께 견딜 수도 있었을 것이다. 세부적인 의견을 조율해 가면서 위기 상황에 적절하게 대처할 수 있었을 것이다. 그러나 이덕무는 죽음을 앞둔 허약한 상태였다. 자신에게 가해지는 압박을 견디기도 힘든 상태였다. 그 상황에서도 이덕무는 박제가를 염려하고 있었다. 홀로 남은 그가 칼 한 자루 없이 사면초가에 몰리는 상황을 생각하고 있었다. 강하기만 한 박제가는 항복하기보다는 차라리 불 속에 뛰어들지도 모른다. 그 불을 손으로 집어들어 던지며 반항할지도 모른다. 자신이 편들어 줄 수 없는 그런 파국의 상황을 박제가가 홀로 맞는 것을 이덕무는 진심으로 염려하고 있는 것이다.

이덕무가 그리웠다. 비굴함 속에 숨어 있는 애정이 진심으로 그리웠다. 남자는 어떠한가? 또 다른 벗이 남자 앞에 있었다. 한때 자신과 글을 진심으로 아끼고 사랑한 벗이었다. 그런데도 그 벗에게서는 애정을 느끼기가 쉽지 않았다. 남자의 속이 뒤틀리기 시작했다. 남자는 서안에서 『열하일기』를 꺼냈다. 벗의 얼굴이 순간적으로 굳어지는 것을 남자는 놓치지 않았다.

남자는 개의치 않고 원고를 펼치면서 벗을 바라보았다. 벗이 슬며시 고개를 돌렸다. 남자는 헛기침을 한 후 『열하일기』의 한 대목을 큰 목소리로 읽어 나갔다.

    사신을 따라서 중국에 들어가는 사람들을 부르는 호칭이 있다. 역관은 종사라고 부르고, 군관은 비장이라고 부르며, 나처럼 한가롭게 유람하는 사람은 반당伴當이라고 부른다. 소어蘇魚라는 물고기를 우리나라 말로는 밴댕이〔飯鲞〕라고 하는데, 반飯과 반伴의 음이 서로 같기 때문이다. 압록강을 건너면 소위 반당은 은빛 모자의 정수리에 푸른 깃을 달고, 짧은 소매에 가벼운 복장으로 차림새를 갖춘다. 길가의 구경꾼들은 반당을 가리키며 새우라고 부른다. 그 이유는 잘 모르겠다. 무장한 남자를 부르는 별칭인 것으로 짐작할 뿐이다. 지나가는 곳의 마을 꼬맹이들은 떼를 지어 몰려다니며 일제히 '가오리 온다, 가오리 온다' 하고 외치기도 한다. 더러는 말 꼬리를 따라다니며 다투어 외치는 바람에 귀가 따가울 정도다. '가오리 온다'라는 말은 '고려인이 온다'라는 뜻이다. 나는 동행한 사람들에게 웃으며 말했다. "이제 세 가지 물고기로 변하고 마는구먼."
    사람들이 이내 질문을 던졌다. "세 가지 물고기란 무엇을 말하는 겁니까?"
    나는 이렇게 대답했다. "조선의 길에서는 '밴댕이'라고 부르니 이는 소어라는 물고기요, 압록강을 건넌 이래로는 '새우'라고 부르니 새우도 역시 어족이고, 오랑캐 아이들이 떼를 지어서 '가오리'라고 외치니 이는 홍어가 아니던가?"

사람들이 비로소 내 말뜻을 깨닫고 한바탕 웃었다.[6]

읽기를 마친 남자가 빙긋이 웃으며 벗에게 물었다. "자네가 보기에 지금의 나는 밴댕이인가, 새우인가, 아니면 가오리인가?"

어느새 굳은 얼굴을 떨쳐 버리고 다시 평상심을 되찾은 벗은 남자의 질문을 그저 농담으로 받아들인 탓에 웃기만 할뿐 아무 말도 하지 않았다. 남자는 목청을 가다듬은 후 곧바로 질문을 던졌다. "가오리는 수당 시절 중국 사람들이 고구려를 부르던 이름일세. 그건 그렇고 자네, 고구려가 왜 고구려인지 아는가?"

벗은 웃으며 고개를 저었다. 남자가 그럴 줄 알았다는 듯이 서안을 손으로 탁 치고 말을 이었다. "고구려라는 이름은『한서지리지』에 처음으로 나오는데 그 나라의 선조는 바로 금와金蛙일세. 우리나라 말에 와蛙를 개구리, 또는 왕마구리라고 한다네. 옛날에는 임금의 이름을 곧바로 국호로 삼는 일이 많았다네. 거기다 성씨인 고를 앞에 붙이니 바로 고구려가 된 것이지."

"정말입니까?"

"정말인지 거짓말인지는 나도 모르겠네. 형암이 내게 농담처럼 들려준 말이라네. 농인지 진실인지는 그 사람에게 물어보게나. 그나저나 형암은 새우인가, 밴댕이인가?"

이덕무의 이름, 그리고 다시 한 번 새우와 밴댕이를 들먹이며 비꼬는 내용이 나오자 벗의 얼굴이 딱딱하게 굳어졌다. 남자의 속내를 뒤늦게 눈치챈 것. 남자는 벗의 얼굴을 흘끔 본 후에 목청 높여 시를 읊었다. 그러고는 허허 큰 소리로 웃음을 터뜨렸다. 그 시란 이러했다.

한번 중국 땅에 들자 세 번이나 호칭이 바뀌었으니
속 좁은 사람 예부터 자잘한 학문이나 배웠노라.'

남자는 스스로를 비하하는 시를 아무렇지도 않게 읊고 있었다. 밴댕이, 새우, 가오리가 차례로 눈앞에 떠올랐다. 자신과 이덕무, 박제가의 얼굴도 함께 떠올랐다. 임금과 눈앞의 벗, 그리고 죽은 박남수의 얼굴도 함께 떠올랐다. 남자를 현실로 이끈 건 차가운 바닷물 한 바가지였다. '실없는 상상은 그만하고 정신을 똑바로 차려라, 이놈아. 너의 상대는 바로 네 눈앞에 있다.'

남자는 괜히 눈을 비비며 벗을 향해 또 한 차례 큰 웃음을 터뜨렸다.

2

눈은 쉽사리 그치지 않았다. 폭설이 내리는 것은 아니었다. 그저 거미집처럼 가느다란 눈이 쉬지도 않고 내릴 뿐이었다. 남자의 얼굴이 붉게 변했다. 거푸 술잔을 비운 탓이었다. 함께 술을 마셨음에도, 비슷한 양을 마셨음에도, 벗의 안색은 별로 변하지 않았다. 아마도 나이 때문일 거라고 남자는 생각했다. 20년도 넘는 간격을 지우기란 쉬운 일이 아니었으므로. 아니 다. 단지 나이 때문은 아닐 것이다. 남자는 술을 잘 마시는 편이다. 한 자리에서 삼사십 잔을 마셔도 취기를 느끼지 않는 이가 바로 남자였다. 열흘 전쯤에도 폭음을 했으나 얼굴이 붉어지는 일 따위는 일어나지 않았다. 남자는 잠시 고민하다 눈 탓을 하기로 마음을 정했다. 그렇다. 쉬지 않고 내리는 눈 탓이었다. 오래간만에 내리는 그 눈을 보고 또 보느라 몸 안의 기력을 빼앗긴 탓이었다. 탓할 상대를 찾기는 했으나 마음은 편하지가 않았다. 어찌 되었건 붉어진 것은 붉어진 것이다. 취기에 굴복한 사실은 그 어떤 이유를 갖다 붙여도 변하지 않았다.

남자는 허리를 곧추 세웠다. 생각해 보면 벗은 편지를 보여주고 난 후 잠깐 이야기를 주고받은 것 말고는 별다른 말 한마디 꺼내지 않았다. 공무로 바쁜 벗이, 임금의 신뢰를 한 몸에 받는 벗이 자신과 술잔을 기울이며 한가한 이야기나 나누러 온 것은 아닐 터였다. 벗에게는 할 이야기가 있었다. 그렇기에 눈길을 헤치고 온 것이었다. 다만 나이에 비해 부쩍 노련해진 벗은 그 시기를 신중하게 조율하고 있을 뿐이었다. 남의 이야기를 기다리는 데 익숙하지 못한 남자는 결국은 벗을 보며 또 다른 이야기를 먼저 꺼내들어 조바심 나는 자신의 속내를 비추고야 말았다. "청나라에서 만난 선비 중에 윤가전이라는 이가 있다네. 자네도 내 책을 보았으니 알고 있으리라 믿네. 아무튼 그는 제법 유명 인사로 황제와도 가까워 친구처럼 시를 주고받는 사이이기도 하지. 그 윤가전과 또 다른 선비 왕민호와 함께 그의 집에서 음악을 논한 적이 있다네. 대접하기를 좋아하는 윤가전은 양 한 마리를 통째로 준비하라 이르고 우리와 이야기를 나누었다네. 그런데 이야기가 어찌나 재미있는지 그만 양을 준비하라 명령한 사실은 아예 까맣게 잊고 있었지. 한참 뒤에야 그 사실을 떠올린 윤가전이 무릎을 치고는 하인을 불러 물었다네. '양은 어찌 되었나? 아직도 찌고 있느냐?' 그랬더니 '진작 차려 놓았는데 벌써 다 식었습니다' 하는 답이 돌아오는 게 아니겠는가? 윤가전은 당혹스러운 표정을 짓더니 나에게 나이가 들어 정신이 없어서 그랬다며 사과를 했다네. 그래서 내가 뭐라고 했는지 아는가?"

눈치 빠른 벗이 웃으며 대답했다. "혹시 공자님께서 순임금의 음악인 소를 들으시고 고기 맛을 잊었다는 고사를 인용하지 않으셨습니까?"

"역시 자네로군. 그렇다네. 윤가전은 그 이야기를 듣더니 바로 『장자』를 인용해 답하더군. '장臧이란 사람은 책을 읽고, 곡穀이란 사람은 장기를 두다가 모두 양을 잃었다는 그런 격입니다.' 『열하일기』의 「망양록」 편이 탄생한 배경일세. 방금 이야기한 것들을 엮어 최근 서문 격으로 쓰기도 했고."

"무슨 말씀이신지 알겠습니다."

"알겠는가?"

"양을 잊지 말라는 말씀이시지요?"

"그렇다네. 내 이야기가 재미있고 눈발이 포근하고 술맛이 좋다지만, 자네가 준비한 양을 잊어서는 안 된다네. 공무로 바쁜 몸일 테니 더 이상 시간 끌지 말고 이제 그만 본론을 꺼내 보게. 자, 자네가 내놓을 양은 과연 어떤 양인가?"

벗은 새삼스럽게 자세를 고쳐 앉고 목청을 가다듬었다. 그런 뒤 마침내 남자가 듣고 싶어 하던, 혹은 알면서도 듣고 싶지 않았던 말을 꺼냈다. "일전에 제가 보낸 편지는 받으셨겠지요?"

남자는 대답 대신 술잔을 들어 단숨에 들이켰다. 벗은 남자의 빈 잔에 술을 채운 후 말을 이었다. "임금은 선생을 무척이나 아끼십니다. 설마 그 마음을 모르는 것은 아니겠지요?"

남자는 이번에도 아무 말 하지 않았다. 지금은 벗의 이야기를 들을 차례였다. 벗은 술을 한 모금 마신 후 다시 입을 열었다. "임금은 불같은 분이기도 합니다. 그 점도 모르는 바는 아니겠지요?"

남자는 웃음으로 대답을 대신했다. 벗 또한 웃음으로 화답했다. 그러나 그 웃음은 이내 얼굴에서 사라졌다. "임금께서 선생에게 전하라 하신 것이 있습니다. 『열하일기』를 읽고 느낀 소회입니다."

남자는 자기도 모르게 허, 하고 감탄사를 내뱉었다. 벗의 말을 해석해 보면 임금은 남자가 쓴 『열하일기』를 최근에 다시 읽은 것이었다. 범부도 아닌 임금이 남자의 글을 한 번도 아니고 여러 차례 읽었다는 것은 영광스러운 일이다. 그러나 지금껏 보아 왔던 임금의 태도로 보건대 남자의 글에 감탄해서 다시 읽은 것은 아닐 터였다. 그보다는 『열하일기』의 문체로 촉발된 문제를 이참에 반드시 해결하고 말겠다는 임금의 강력한 의지를 보이기 위함일 터였다. 임금은 단지 입으로만 문체를 고치라고 명령하는 게 아니라 자신이 『열하일기』 전체를 숙독했고, 그 세부적인 문제 또한 꼼꼼하게 인지하고 있으니 행여 애매한 자송문 하나로 일을 끝내려 하지 말라는 경고를 보내는 것일 터였다. 그렇기는 하나 남자는 크나큰 흥미가 방금 배를 가른 양의 뱃속에서 뜨거운 피가 솟구치듯 한꺼번에 분출되는 것을 느꼈다. 임금은 과연 『열하일기』를 어떻게 읽었을까? 그럴 리는 없겠지만 혹시라도 재미있게 읽은 부분이 있는 것일까? 마음에 들지 않는다면 도대체 어떤 면이 임금의 눈살을 찌푸리게 했을까? 그것은 기실 남자가 오랫동안 품어 왔던 의문이기도 했다. 남자는 임금에게 그 답을 얻으리라 기대하지는 않았다. 그런데 이제 그 의문이 곧 풀리게 될 것을 생각하니 자못 흥분이 되었던 것이다.

"가장 먼저 지적하신 부분은 바로 여깁니다."

벗은 서안에 펼쳐져 있던 『열하일기』를 뒤적이더니 고개를 한 번 숙여 보인 후 천천히 읽기 시작했다. 벗이 읽는 동안 남자도 자세를 바로 하고는 쉴 새 없이 고개를 끄덕였다. 역시 임금다웠다. 임금은 남자가 책을 통틀어 가장 하고 싶은 말이 적힌 부분을 가장 먼저 꼽았던 것이다.

천하를 통치하는 사람은 진실로 백성에게 이롭고 국가를 두 텁게 할 수 있는 것이라면 비록 그 법이 오랑캐에게서 나왔다 하더라도 반드시 이를 본받아야 한다. 더구나 삼대 이래 성스럽고 현명한 제왕들의 법도와 역대 국가들이 가졌던 옛것이고 떳떳한 것이라면 반드시 본받아야 하는 것이다. 옛날 성인이 『춘추』를 지은 본뜻은 존화양이尊華攘夷를 위함이었지만, 그렇다고 오랑캐가 중국을 어지럽혔음을 분하게 여겨 중국의 존숭할 만한 사실조차 모조리 내치라고 했단 말은 아직 듣지 못했다. 그러므로 지금 사람들이 참으로 중국을 물리치려면, 중국의 남겨진 법제를 모조리 배워서 우리의 어리석고 고루하며 거친 습속부터 바꾸는 것이 급선무일 것이다. 밭 갈고 누에 치고 질그릇 굽고 쇠 녹이는 풀무질에서부터 공업을 고루 보급하고 장사의 혜택을 넓게 하는 데 이르기까지 그들에게 배우지 못할 것이 없다. 다른 사람이 열 가지를 배우면 우리는 백 가지를 배워 먼저 우리 백성들을 이롭게 해야 한다. 우리 백성들이 몽둥이를 쥐고서도 저들의 굳은 갑옷과 날카로운 병장기와 대적할 만한 뒤라야, 비로소 중국에는 볼만한 것이 없다고 결론짓는 것이 옳다는 말이다.

나는 삼류 선비에 지나지 않는다. 삼류 선비는 중국의 장관을 이렇게 말하고 싶다. "정말 장관은 깨진 기와 조각에 있었고, 정말 장관은 냄새나는 똥거름에 있었다. 무슨 소리냐고? 깨진 기와 조각은 천하 사람들이 쓰지 않고 버리는 물건이다. 그러나 민간에서 담을 쌓을 때 깨진 기와 조각은 제값을 하고도 남는다. 어깨 높이 이상 되는 곳에는 쪼개진 기왓장을 두 장씩 마주 놓아 물결무늬를 만들고, 네 쪽을 안으로 합하여 동그라미 무늬를 만들며, 네 쪽을 밖으로 등을 대어 붙여 옛날 동전의 구멍 모양을 만든다. 기와 조각들이 서로 맞물려 만들어진 구멍들의 영롱한 빛이 안팎으로 마주 비친다. 깨진 기와 조각을 내버리지 않은 까닭에 천하의 문채가 여기에 있게 된 것이다. 가난하여 벽돌을 깔 수 없는 동네에서는 여러 빛깔의 유리기와 조각과 냇가의 둥글고 반들반들한 조약돌을 얼기설기 서로 맞추어 꽃, 나무, 새, 짐승 문양을 만드니, 비가 오더라도 땅이 질척거릴 걱정이 없다. 자갈과 조약돌을 내버리지 않아, 천하의 훌륭한 그림이 모두 여기에 있게 된 것이다.

똥오줌이란 세상에서 가장 더러운 물건이다. 그러나 이것이 밭에 거름으로 쓰일 때는 금싸라기처럼 중요한 물건이 된다.

길에는 버린 재 하나 없고, 말똥을 줍는 자는 오쟁이를 둘러메고 말 꼬리를 따라 다닌다. 이렇게 모은 똥을 거름 창고에다 쌓아 둔다. 네모반듯하게 혹은 여덟 혹은 여섯 모가 나게 혹은 누각 모양으로 만든다. 똥거름을 쌓아 올린 맵시를 보니 천하의 문물제도는 벌써 여기에 있음을 볼 수 있다. 그래서 삼류 선비는 이렇게 말한다. '기와 조각, 조약돌이 바로 장관이라고. 똥거름이 바로 장관이라고.'[8]

청나라를 물리치려면 청나라부터 배우라는 것은 어찌 보면 임금의 뜻에 정면으로 거역하는 것이었다. 임금은 이민족이 다스리는 청나라로부터 단 한 권의 서적도 들여오지 말라고 엄명을 내린 바 있었다. 그것은 청나라보다는 조선이 더 중화의 본연에 가깝다는 생각을 드러낸 조치였다. 그런데 남자는 그렇지 않다고 말하고 있는 것이다. 거기에 멈추지 않고 한술 더 뜬다. 기와 조각, 조약돌, 똥거름이 장관이라는 말까지 덧붙였다. 이는 바꿔 말하면 남자의 나라, 아니 임금의 나라 조선은 청나라의 기와 조각, 조약돌, 똥거름보다도 못하다는 비난에 다름 아니었다. 물론 임금은 그 글을 문자 그대로 이해할 정도로 어리

석지는 않았다. 임금은 남자의 글 속에서 조선이 바뀌기를 원하는 충정을 읽어 냈다. 이대로는 안 된다는 문제의식을 읽어 냈다. 그랬기에 임금은 일찍이 그 글을 읽었음에도 즉각적인 반응을 보이지 않았던 것이다. 하지만 충정과 문제의식을 표현하는 데 쓰인 여러 표현에 대해서까지 동의한 것은 아니었다. 임금은 품위 또한 중요하게 생각했다. 보다 고상한 방법으로—임금 식으로 말하자면 순정하게, 사대부답게—표현할 수 있음에도 가장 저급한 똥거름을 인용해 표현한 것에 대해서는 언제든 짚고 넘어가려 했던 것이다. 벗은 남자에게 의견을 묻는 법도 없이 이내 다음으로 넘어갔다. "다음으로 지적하신 부분은 백이, 숙채熟菜(삶은 고사리나물) 부분입니다."

남자는 다시 고개를 끄덕였다. 벗의 말대로 백이, 숙제가 아니라 백이, 숙채였다. 기실 남자가 『열하일기』 초고를 쓰면서 가장 고민한 부분이기도 했다. 풍자의 대상이 너무 직접적인 것이 마음에 걸렸던 것이다. 그러나 남자가 손쓸 새도 없이 이 부분이 포함된 초고는 세상에 퍼져 버렸다. 이제 와서 그 부분을 빼려고 고민했다고 말해 봤자 하나 소용없는 노릇이었다. 다른 한편으로는 그렇듯 삭제 없이 퍼져 나간 게 다행이다 싶은 마음도 있었다. 백이 숙제와 충절을 똑같은 단어 취급하는 세태, 그리하여 백이와 숙제가 실은 사어나 다를 바 없게 된 세태가 그의 마음에는 썩 거슬렸던 것 또한 사실이므로. 벗은 천천히 그 부분을 읽기 시작했다.

어제 백이, 숙제 사당에서 점심을 먹는데 고사리와 닭고기를 쪄서 내왔다. 맛이 매우 좋은데다가 연도에 오며 입맛을 잃은 지 오래된 터라, 홀연히 맛있는 음식을 만나 실컷 포식했다. 그러나 그것이 예전부터 내려오는 관례인 줄은 까맣게 몰랐다. 그렇게 먹은 음식이 사단을 일으켰다. 길에서 갑작스런 비바람을 만나게 되니 몸 밖은 춥고 속은 막혀 버렸다. 먹은 것이 소화가 되지 않고 체하여 가슴에 얹혔다. 트림이라도 한번 하면 고사리 냄새가 목을 찔렀다. 임시방편으로 생강차를 마셔 보았지만 속은 여전히 편치 않았다. 좌우의 사람들에게 물었다. "지금은 가을철인데, 시절에 맞지 않게 어디에서 고사리를 구했답니까?"

예상치 못한 답이 나왔다. "백이, 숙제 사당에서 점심을 먹는 것이 내려오는 관례입니다. 그래서 사시사철 어느 때나 반드시 고사리 음식을 낸답니다. 우리나라에서 마른 고사리를 미리 가지고 와서 국을 끓여 일행에게 제공하는 것이 하나의 전통이 된 것입니다. 십수 년 전에 건량청에서 고사리를 잊어버리고 가지고 오질 않아서 고사리 음식을 내놓지 못한 적이 있었습니다. 당시 건량관이 서장관에게 곤장을 얻어맞고 냇가에 가서 통곡을 하며 '백이 숙제야, 백이 숙제야. 나하고 무슨 원수가 졌느냐? 나하고 무슨 원수가 졌느냐?'라고 했답니다. 소인의 생각으로는 고사리 요리는 고기 요리보다 못하며, 듣자하니 백이와 숙제도 고사리를 캐어 먹다가 굶어 죽었다고 하니, 고사리란 정말 사람을 죽이는 독한 음식입니다."

그 이야기에 모두들 크게 웃었다. 태휘란 자는 노 참봉의 말을 부리는 사람이다. 연행이 초행인 데다가 사람됨이 경망하기

169

짝이 없는 인물이다. 일행이 조장을 지나갈 때 대추나무가 바람에 꺾여 담 위에 거꾸로 드리워져 있었는데, 태휘란 자가 풋대추를 따서 먹다가 복통을 만나 급한 설사가 그치지 않았다. 뱃속은 비고 목이 타서 애를 먹고 있던 중 고사리 독이 사람을 죽인다는 말을 듣고는 갑자기 대성통곡을 하며 소리를 질렀다. "백이, 숙채熟菜가 사람 잡네. 백이, 숙채가 사람 죽이네."

숙제와 숙채가 서로 발음이 비슷하기 때문에 그리 말한 것이었다. 한집에 있던 사람들이 떠들썩하게 웃었다.'

남자는 자기도 모르게 웃음을 지었다. 백이, 숙채가 사람 잡네 하며 통곡하던 태휘란 자의 기묘한 얼굴이 떠올라서였다. 태휘는 고통으로 얼굴을 찡그리면서도 눈으로는 기쁨을 감추지 못했다. 사람들이 자신의 말을 듣고 웃음을 터뜨렸기 때문이다. 풋대추로 얻은 복통을 숙채로 전환시킨 자신의 날랜 감각을 인정받았기 때문이다. 그리하여 태휘의 얼굴에 떠오른 것은 비열한 기쁨이었다. 남자가 태휘라는 이름을 넣은 것도 그때의 일이 머릿속에서 사라지지 않은 까닭이었다. 장담할 수는 없지만 태휘가 『열하일기』를 읽을 수는 없을 것이다. 그러나 혹시라도 말 부리는 사람으로 다시 한 번 연행에 동참하게 된다면 자신의 이름이 『열하일기』에 실렸다는 이야기를 듣고 까무러칠 정도로 기뻐할 것이다. 물론 그 뒤에는 이전보다 더 비열한 웃음을 지어 보일 것이고. 남자가 태휘의 일을 떠올리는 동안 벗은 남자를 불렀던 모양이다. 벗이 재차 부르는 소리를 듣고서야 남자는 벗을 쳐다보았다. "그 뒤에 붙은 동자들의 시에 대해서도 지적을 하셨습니다."

그것까지? 좀 의외다 싶었다. 벗은 문제가 된 그 시를 천천히 읽어 나갔다.

고사리를 캐어 본들 정말 배를 불릴 수는 없으니
백이는 끝내 굶주려 죽을 수밖에.
단맛으로 말하면 꿀물이 술보다 더하니
이 꿀물을 마시고 죽는다면 원통하리라.[10]

낭독이 끝나자마자 남자가 벗에게 물었다. "그저 아이들의 시 아닌가? 아이 생각으로는 하필 맛도 없는 고사리를 먹다 굶어죽었다는 게 도무지 이해가 되지 않았던 걸세. 그렇지 않은가?"

벗이 소리 없이 웃으며 대답했다. "토를 다는 것은 제 일이 아닙니다. 주상이 지적하신 부분이 아직 더 있습니다."

주상을 들먹이니 할 말이 없었다. 벗이 『열하일기』를 뒤적이며 다음으로 지적할 부분을 찾는 동안 남자는 벗의 얼굴을 쳐다보았다. 이제는 장성한 남자가 된 벗의 얼굴에는 아직 어릴 때의 여드름 흔적이 살짝 남아 있었다. 그 얼굴이 어느새 어른의 모습이 되었다는 사실이 새삼 놀랍게 다가왔다. 남자가 벗에게 갑작스러운 질문을 던졌다.

"산여가 보고 싶지는 않은가?"

산여란 박남수를 말함이다. 벗과는 둘도 없는 우정을 나누었던 박남수는 몇 해 전 젊은 나이로 세상을 떠났다. 벗의 얼굴에 잠시 수심이 깃들었다. 그러나 노련한 남자가 된 벗은 이내 평정을 되찾았다. "주상이 다음으로 지적하신 부분은 여깁니다."

벗은 남자와 눈을 마주치지 않으려 애를 쓰며 글을 읽었다.

곡정(왕민호)이 말했다. "귀국의 아름다운 점 몇 가지를 일러 주시기 바랍니다."

내가 답했다. "우리나라가 비록 바다 한구석에 치우쳐 있기는 하나 그래도 네 가지 아름다운 점이 있답니다. 유교를 숭상하는 풍속이 그 첫 번째 아름다운 점이고, 황하같이 홍수 날 염려가 없는 지리가 두 번째 아름다운 점입니다. 소금과 생선을 남의 나라에서 빌리지 않고 자급자족하는 것이 세 번째 아름다운 점이고, 여자가 두 남자를 섬기지 않는 것이 네 번째 아름다운 점입니다."

지정(학성)이 곡정을 돌아보며 뭐라고 한참을 수군거리더니 곡정이 입을 열었다. "참으로 살기 좋은 나라입니다."

지정이 궁금증 가득한 얼굴로 물었다. "여자가 두 남자를 섬기지 않는다고 했는데, 어떻게 온 나라 사람들이 모두 그렇게 할 수 있습니까?"

"나라의 모든 사람이 그렇게 한다고 말한 것은 아닙니다. 명색이 선비의 집안이라면 비록 아무리 가난하더라도 삼종지도가 끊어지면 평생 혼자 지냅니다. 이것이 노비나 종 같은 천한 사람에게까지 영향을 주어서 저절로 풍속을 이룬 지가 근 400년이 됩니다."

지정이 의아한 얼굴로 물었다. "국가에서 법으로 금하나요?"

"정해진 법령은 없답니다."

이번에는 곡정이 나섰다. "중국에도 이런 풍속이 있어 아주 고질적인 폐단이 되었습니다. 혼인을 하기 위해 예물만 보내고 아직 초례를 치르지 않았거나, 혼례식은 올렸지만 첫날밤을 치르지 않았는데 불행하게 무슨 일이라도 생기면 여자는 평생 혼자 살아야 합니다. 이건 그래도 오히려 나은 편입니다. 심지어는 대대로 사이가 좋은 집안끼리는 뱃속에 든 아이를 두고 혼인을 정하고, 혹은 남녀가 모두 갓난아이일 적에 부모끼리 혼담을 주고받았다가 남자에게 불행한 일이 생기면 여자가 독약을 먹거나 목을 매달아 한곳에 묻히기를 바라니, 참으로 예법에 크게 어긋나는 일입니다. 점잖은 군자들은 이를 두고 시신과 함부로 혼인을 했다고 나무라기도 하고, 절개를 지키기 위한 화냥질이라는 뜻으로 절음節淫이라고도 합니다. 나라에서 법으로 엄중하게 단속하고 그 부모를 처벌하기도 하지만 그래도 결국에는 풍속을 이루었으며, 특히 동남 지방이 더욱 심합니다. 그러므로 학식이 있는 집안에서는 딸이 비녀를 꽂을 성인이 되어야 비로소 혼인 이야기를 꺼낸답니다. 이런 일들이야 모두 말세의 일이지요."[11]

남자는 얼굴의 핏기가 단번에 사라지는 기분을 느꼈다. 그렇다. 역시 임금이다 싶었다. 지금껏 『열하일기』를 읽고 비방을 퍼부어댄 사람들 중에 이 부분을 지적한 이는 아무도 없었다. 그럴 수밖에. 겉으로 보기에 이 부분은 아무런 문제가 없어 보였으므로. 남자는 그저 조선의 아름다운 풍속을 이야기했을 뿐이고, 청나라 선비 왕민호는 거기에 대한 자신의 의견을 밝혔을 뿐이므로. 남자는 아무것도 모르는 것처럼 술잔을 비우고는 벗에게 물었다. "이 부분은 별 문제가 없어 보이는데. 무얼 지적하셨나?"

벗은 남자의 얼굴을 한참 바라보더니 대답 대신 질문을 던졌다. "정말로 문제가 없다고 생각하십니까?"

남자는 이미 버틸 때까지 버텨 보기로 결정한 뒤였다. "잘 모르겠는데, 자네는 알겠나?"

"왕민호의 의견에 대한 평이 없지 않습니까? 왕민호의 잘못을 지적하셨어야지요."

남자는 더 이상 질문하지 않았다. 갑자기 한기가 느껴졌다. 벗의 뒤에서 웃음 짓고 있는 임금의 얼굴을 본 듯했다. 임금의 손에는 커다란 그물이 들려 있었다. 남자는 벗의 얼굴을 외면하기 위해 눈이 차곡차곡 쌓여 가는 들판을 보며 물었다. "알겠네. 다 받아들이겠네. 이게 전부인가?"

벗이 오래간만에 큰 소리로 웃었다. 그 이후에 나온 벗의 문장을 남자는 오랜 세월 후에도 결코 잊을 수 없을 터였다. "전부라니요? 이제 시작입니다. 중요한 이야기는 아직 꺼내지 않았습니다."

3

취趣는 자연에서 얻은 것이 깊고 학문에서 얻은 것은 얕다. 어린아이일 적에 취가 있는 줄을 알지 못하지만 그 무엇도 취가 아닌 것이 없다. 얼굴에는 단정한 용모가 없고, 눈은 눈동자를 움직이지 않을 때가 없고, 입은 조잘대며 무언가 말을 하려하고, 발은 껑충껑충 뛴다. 인생의 지극한 낙이 이때보다 더한 때가 없다. 맹자가 이른바, 어린아이〔赤子〕의 마음을 잃지 않는다고 한 것이나, 노자가 이른바 어린아이〔嬰兒〕와 같아져야 한다는 것이 바로 이런 경지를 가리킨 것이다.[12]

벗이 읊은 글은 원굉도의 것이었다. 남자는 입술을 감쳐물었다. 원굉도가 누구인가? 임금이 소리 높여 비판하는 명말 청초의 초쇄하고 간사하고 순정하지 않은 문체를 대표하는 인물 아니던가? 번잡한 문장, 군더더기 글을 찬란하게 꽃 피우고, 우스갯소리나 농담을 엿이나 꿀보다 달게 여긴다는 비난을 들은 인물 아니던가? 벗이 느닷없이 원굉도의 글을 읊은 이유는 명확했다. 임금은 벗을 통해 남자에게 이렇게 말하고 있는 것이었다. "나는 잔뜩 목에 힘을 주고 있는 네 글의 기원이 어디에서 비롯되었는지를 안다."

벗은 묵묵히 『열하일기』를 뒤지더니 전보다 한결 커진 목소리로 읽어 나가기 시작했다.

그러므로 갓난아이의 거짓과 조작이 없는 참소리를 응당 본받는다면, 동해를 바라볼 수 있는 금강산 비로봉도 한바탕 울만한 적당한 장소가 될 것이고, 황해도 장연의 금모래사장 또한 한바탕 울 만한 장소가 될 것이네.

나는 지금 요동 벌판에 있네. 산해관까지 일천이백 리가 되건만 사방에 한 점의 산도 없어서, 하늘 끝과 땅 끝이 마치 아교로 붙인 듯, 실로 꿰맨 듯하고 고금의 비와 구름만이 창창하다네. 그러니 여기가 바로 한바탕 울어 볼 만한 장소가 아니겠는가?[13]

남자는 이제 아무 말도 하지 않았다. 더 이상 두렵지도 않았다. 가슴이 떨리지도 않았다. 두려움과 떨림이 사라진 공간을 호기심이 채웠다. 이제는 오히려 벗의 입에서 어떤 말이 나올지 궁금해질 지경이었다. 벗 또한 남자의 마음을 눈치 챈 듯 남자에게 말을 걸지 않고 자신이 준비해 온 말들을 연이어 털어내기 시작했다. "이번에는 「상기」를 읽도록 하겠습니다."

이것은 정량情量(생각과 상상)이 미치는 범위가 기껏해야 소·
말·닭·개와 같은 일상적인 것에 머물러 있을 뿐이요, 용·봉황
·거북이·기린 같은 짐승에게는 생각이 미치지 못한 까닭이다.
코끼리가 범을 맞닥뜨리면 코로 때려눕혀 즉사시키니, 그 코로
말한다면 천하무적이라고 할 것이다. 그러나 코끼리가 쥐를 만
나면 코를 둘 자리가 없어서 멍하니 하늘을 쳐다보고 섰을 뿐
이다. 그렇다고 쥐가 범보다 무섭다고 말한다면 앞에서 말한
하늘이 낸 이치는 아닐 것이다. 무릇 코끼리란 눈으로 오히려
볼 수 있는 동물인데도 그 이치를 모르는 것이 이와 같은 터에,
하물며 천하의 사물이란 코끼리보다도 만 배나 복잡함에랴.[14]

벗은 읽기를 마치자마자 또 다른 글을 읊었다. 남자가 예상
했던 대로 원굉도의 글이 다시 한 번 벗의 입에서 흘러나왔다.

비루한 유학자가 말하는 '크다 작다'라는 것은 모두 그들의
정량情量이 미치는 바를 기준으로 말하는 것뿐이다. 자신보다
크면 곧 크다고 말한다. 이 때문에 큰 산을 말하면 믿고, 큰 바
다를 말하면 믿는다. 하지만 새가 산보다 크다고 하거나 물고
기가 바다보다 크다고 말하면 믿지 않는다. 왜 그런 것일까? 그
들의 정량이 미치지 못하는 바이기 때문이다. 자신보다 작은
것을 작다고 한다. 이 때문에 개미를 작다고 말하면 믿고, 배추
벌레를 작다고 말하면 믿는다. 하지만 개미에게 나라가 있고,
그 나라에서는 군주와 신하, 연장자와 연소자가 시비를 가리
고 다투고 따지고 하는 일이 없으며, 배추벌레의 속눈썹 위에

는 헤아릴 수 없을 만큼의 벌레가 있고, 그 벌레에게 헤아릴 수 없을 만큼의 군과 읍, 도읍과 시골이 있다고 하면 곧 믿지 않는다. 왜 그런 것일까? 그들의 정량이 미치지 못하는 바이기 때문이다.[15]

　남자는 벗이, 아니 임금이 「상기」를 문제 삼은 이유를 잘 알고 있었다. 바로 '정량'이란 단어 때문이다. 원굉도가 썼던 정량이란 단어를 그대로 「상기」에 썼기 때문이다. 정량은 원굉도 이전에는 없던 표현이다. 모방의 혐의를 피할 수 없는 까닭이기도 하다. 남자는 입을 열고 싶은 충동을 참을 수가 없었다. 하지만 아직은 때가 아니었다. 기다려야 했다. 벗이 해야 할 말은 많고도 많아 아직도 끝나지 않았으므로. "원굉도와 관련해서는 몇 가지 더 하신 말씀이 있지만 이 정도로만 하겠습니다. 주상의 의도는 이미 충분히 파악하셨을 테니까요. 다음으로 지적할 것은 바로 이 부분입니다."

　상판사의 마두 상삼이 예단을 뭇 되놈들에게 나눠주려는데 빙 둘러선 사람이 100여 명이나 되었다. 그중의 하나가 갑자기 큰 소리를 치며 상삼에게 욕을 하자, 득룡이 수염을 쓸어 올리고 눈을 부릅뜨며 곧바로 튀어 나갔다. 그는 그 되놈의 가슴을 틀어쥐고 주먹으로 때릴 듯한 시늉을 하더니 여러 사람들을 둘러보며 이렇게 말했다. "이 뻔뻔하고 무례한 놈이 또다시 와서 행패를 부리는구나. 네가 왕년에 대담하게 우리 어른의 쥐털 목도리를 훔쳤고, 또 작년에는 우리 어른을 속이고 어른이 잠든 사이에 내 허리에 찼던 칼을 뽑아서 칼집의 가죽과 술을 끊어 갔으며, 내가 차고 있는 주머니마저 자르려다가 내게 발각되어 부장에게 넘겨져서는 호된 주먹맛을 보고 나서야 겨우 정신을 차렸지. 그때 네놈이 온갖 애걸복걸을 다하면서 나한테 목숨을 살려주신 부모라고 부르더니, 이제 세월이 오래되었다고 우리 어른이 네놈의 낯가죽을 모를 것이라고 속이고는 이제는 아예 겁도 없이 큰 소리를 쳐? 너 같은 놈은 그냥 둘 수 없다. 이런 쥐새끼 같은 놈은 잡아다가 봉성장군에게 넘겨야 돼."

분위기가 급작스럽게 바뀌었다. 둘러섰던 되놈들이 일제히 풀어 주기를 권했다. 수염이 훌륭하고 복장이 고운 늙은이가 앞으로 나와 득룡이의 허리를 끌어안으며 말했다. "형님께서 화를 푸시지요."

득룡은 이내 화를 풀고 씽긋이 웃으며 넉살을 떨었다. "아우님의 체면을 보지 않았다면, 이까짓 놈의 코쭝배기를 한번 삐뚤어지게 쳐서 저 봉황산 밖으로 날려 버렸을 거야."

그 행동거지를 보니 시끄럽고 소란스러워 우습기 짝이 없었다. 판사 조달동이 내 곁에 와서 섰다. 내가 조금 전에 보았던 광경을 이야기해 주며 혼자 보기엔 아까운 구경거리였다고 말하자 조군이 웃으며 말했다. "그게 바로 상대방의 덜미를 먼저 잡는 십팔기 무술의 하나인 살위봉법이란 것입니다."[16]

책문을 지나던 날 벌어졌던 풍경이다. 득룡 덕분에 사신단 일행은 별다른 곤욕을 겪지 않고 국경을 통과할 수 있었다. 남자는 임금이 왜 이 부분을 문제 삼았는지 잘 알고 있었다. 벗은 임금의 생각을, 혹은 염려와 경고를 남자에게 충실하게 정리해 전달했다. "『수호지』를 읽는 듯한 착각을 불러일으키는 부분입니다. 사용된 단어들도 그렇고, 벌어지는 사건도 그렇습니다. 임금께서 언급하시지는 않았지만 사실 「호질」이나 「옥갑야화」는 이보다 더합니다. 일일이 인용하는 것이 무의미할 정도로 『수호지』의 판박이입니다. 아니 『수호지』의 판박이라기보다는 김성탄의 판박이입니다. 제가 무엇을 말하는지는 선생이 더 잘 알 것입니다."

이번에는 『수호지』와 김성탄이었다. 남자는 더 이상 놀라지도 않았다. 김성탄과 남자의 글을 비교하는 일은 새삼스러운 것이 아니었다. 혹자는 남자의 글을 읽고 "동파(소식) 이후에 성탄이 있고, 성탄 이후에 연암이 있으니, 성탄은 동파의 서자이고, 연암은 성탄의 후신"이라 비꼬았고, 혹자는 "김성탄, 원굉도를 본뜬 것은 아름다우니, 이것은 그의 재주가 김성탄의 문장에는 빼어나지만, 순고하고 정대한 문자에는 부족함이 있기때문"이라고 평했다. 그러니 임금이 그의 『열하일기』에서 『수호지』와 김성탄의 흔적을 찾아낸 것은 결코 놀라운 일은 아니었다. 다만 놀라운 것은 남자의 흠결을 찾아내기 위해 긴 시간을 원굉도와 김성탄에게 투자한 그 집요함이었다. 남자는 그점이 진심으로 놀라웠다. 그 집요함이라면 청나라와 같은 대국을 다스리기에도 부족함이 없을 터였다. 작고 좁은 조선의 임금이라는 사실이 진정으로 아쉬웠다.

이제 벗의 이야기도 거의 끝나 가는 모양이었다. 일종의 결어에 가까운 문장들을 벗이 느리게 내뱉는 것을 보면.

"임금이 원하는 것은 오직 하나입니다.『시경』,『서경』,『역경』과 같은 훌륭한 문학이 이 땅에 다시 나오는 것입니다. 그 경지가 너무 고원하다 하여 기이한 것만 숭상하면 어떻게 되겠습니까? 그저 도道의 죄인이 될 뿐입니다. 이 점, 한시도 잊지 마시기 바랍니다."

4

남자와 벗은 이제 말없이 술잔만 기울였다. 눈은 계속해서 내렸다. 이렇듯 소리 없이 길게 내리는 눈을 남자는 일찍이 본 적이 없었다. 벗의 이야기를 다 들은 남자는 자신이 할 말이 무엇이었는지를 잊었다. 대신 남자는 임금이 보이는 그 집요함의 연유에 대해 생각했다. 영원히 입을 열지 않을 것 같던 남자가 드디어 생각을 마치고 입을 열었다. "그날도 눈이 무척 내렸다네. 호백이라는 개 한 마리를 만난 그날 말일세."

"그날은 눈이 내리지 않았습니다. 초가을 열 사흗날 밤, 그날은 열 사흗날 치고는 달이 유난히 밝은 날이었습니다."

벗은 남자의 기억을 재빨리 수정해 주었다. 남자는 고개를 갸웃했다. 그렇다. 생각해 보니 벗의 말이 맞다. 놀라웠다. 벗은 그 자리에 있지도 않았는데 어찌 그리 잘 알고 있는 것일까? 아마도 남자의 글을 읽었기 때문일 것이다. 남자의 글이라면 하나도 빼놓지 않고 읽은 벗이었으니. 어릴 적부터 남자의 글을 외우고 다닌 벗이었으니. 그렇다고는 해도 벗의 기억은 놀라웠다. 임금이 편애하는 이유를 알 만했다. 스승의 아들이라고는 해도 영민하지 않았다면 임금이 그토록 사랑하지는 않았을 것이다. 거기에 비하면 남자의 기억은 형편이 없다. 나이 탓을 하고 싶지는 않지만 하루하루가 예전 같지 않음을 수시로 느낄 수밖에는 없었다. 몸과 정신 여기저기가 삐거덕대는 소리가 하도 커서 귓전에 들리는 것만 같았다. 남자는 빙긋 웃었다. 그런 일에는 괘념치 않기로 했다. 날이 갈수록 늙고 쇠약해지는 것은 이상한 일이 아니었다. 인간이라는 존재의 특성상 결국은 죽음을 향해 달려가게 되어 있으므로. 지금 중요한 것은 육체와 정신의 쇠약이 아니었다. 그날 함께했던 것이 눈이 아니라 달이라는 사실 또한 아니었다. 단 하나, 벗들과 함께 어울렸던 그날의 소중한 기억만이 중요할 뿐이었다.

　그날 남자는 벗들과 함께 거리에서 술을 마셨다. 어느 정도 취기가 오르자 종각 아래에서 달빛을 받으며 거닐었다. 개들이 마구 짖어댔다. 유난히 환한 달빛 때문이었다. 그 유난한 달빛에 유난히 길게 늘어진 그림자 때문이었다. 흰 빛깔에 비쩍 마른 개 한 마리가 나타난 것은 바로 그때였다. 호백胡白이라는 개였다. 호백은 청나라에서 온 개였다. 고기를 좋아하지만 아무리 배가 고파도 더러운 것은 먹지 않는 지조 있는 개였다. 눈치가 빨라 주인의 마음을 잘 알아차리는 똑똑한 개였다. 무리로 다니기보다는 홀로 다니는 것을 좋아하는 유별난 개였다. 그 호백이 홀로 달밤을 헤매고 있었다. 호백에게 다가간 것은 이덕무였다. 잔뜩 취한 이덕무는 호백에게 호백豪伯이라는 자字를 붙여 주었다. 오랑개가 호걸로 변하는 순간이었다. 그러나 개는 영예로운 이름을 부여한 이덕무의 마음도 모르고 제 의지대로 멀리로 사라져 버렸다.

"형암은 개를 찾아 헤맸다네. 아무리 찾아도 보이지 않자 동쪽을 향해 서서 외쳤다네. 호백! 호백! 호백!"

벗이 더 이상 견딜 수 없다는 표정을 비추며 나지막하게 한숨을 내쉬었다. 눈치 빠른 벗은 알아챘을 것이다. 왜 하필 남자가 하고많은 사연들 중 호백이라는 개 이야기를 꺼냈는지를. 호백은 개지만 개가 아니었다. 무슨 소리냐고? 호백은 바로 이덕무였다. 아무리 굶주려도 굽힐 줄 모르는 이덕무였다. 호백은 바로 남자였다. 조선 천지에서 수많은 이들과 더불어 살면서도 홀로 외로운 처지에 빠진 남자였다. 호백이 짖는 날카로운 소리가 귓전에서 점점 멀어져 가는 것을 들으면서 남자는 옛 이야기를 하나 더 끄집어냈다. 벗을 처음 보면서부터 하고 싶었던 바로 그 이야기 말이다. "산여가 『열하일기』를 태우려던 밤을, 자네는 기억하고 있겠지?"

벗은 이제 더 이상 박남수의 이야기를 피해 갈 수 없다는 것을 알고 있었다. 벗은 엷은 웃음을 지으며 대답했다. "그날을 어떻게 잊겠습니까?"

"자네, 혹여 그 일을 후회하고 있지는 않은가?"

"그 일이라면……."

"『열하일기』를 태우려던 산여를 만류한 일을 말하는 것일세. 내 좁은 소견일 수도 있겠네만 그때 태웠더라면 지금과 같이

분란이 일지는 않았을 수도 있겠다는 생각이 들어서 말이야."

벗은 아무 말도 하지 않았다. 문득 벗의 생각이 궁금해졌다. 남자는 벗의 속을 긁기부터 했다. 벗의 입을 열려면 그 방법밖에 없다고 믿었기 때문이다. "산여를 싫어했던 것은 아니네만 그날 산여의 행동은 올바른 행동은 아니었네."

"정말로 그렇게 생각하십니까?"

벗의 언성이 약간 높아졌다. 이번에는 남자가 침묵을 지켰다. 벗은 망설이다가 마침내 견디지 못하고 입을 열었다. "그날 밤 산여의 행동이 그릇되었다고는 생각하지 않습니다. 되돌아보면…… 산여는 나름의 선견지명이 있었던 것입니다."

남자는 화를 내지 않으려 애를 썼다. 선견지명이라는 말이 유난히 가슴 아프게 다가왔다. 쓰디쓴 말을 수도 없이 들었음에도 아직 가슴이 아플 수 있다니 감정의 진폭이 그저 신기할 따름이었다. 남자는 천천히 말을 이었다.

"선견지명이라…… 다른 건 몰라도 그날 자네가 했던 말 하나는 여태껏 똑똑히 기억하고 있네. 『열하일기』가 있어 선생의 이름은 세상에 널리 전해질 것입니다.' 내 기억이 맞는가, 틀리는가?"

벗은 대답 대신 웃음을 지었다. 남자는 그 웃음이 평소 벗이 지었던 웃음과는 조금 다르다는 것을 깨달았다. 남자의 머릿속을 스치는 생각 하나. 『열하일기』가 있어 남자의 이름이 세상에 널리 전해질 것이라는 말이 꼭 칭찬은 아닐 수도 있다는 생각. 어쩌면 그 말은…… 아니다. 그럴 리는 없었다. 남자는 애써 머릿속 생각을 지웠다. 남자는 벗에게 다시 물었다. "임금의 생각이 아닌 자네의 생각을 듣고 싶네. 자네가 생각하는 좋은 글은 과연 어떤 글인가?"

벗은 잠시도 고민하지 않고 대답했다. "임금의 생각과 다르지 않습니다. 『시경』, 『서경』, 『역경』과 같은 훌륭한 문학이 이 땅에 다시 나오게 되는 것입니다."

"그건 혹시 자네 생각 아닌가?"

"임금의 생각이 제 생각이고, 제 생각이 임금의 생각입니다."

빠르게 고개를 끄덕거리던 남자는 넘치는 분노를 억누르지 못하고 벗의 말이 끝나기 무섭게 입을 열었다. "자네 혹시 진흙으로 만든 소 이야기 들어봤나?"

벗이 침묵을 지키자 남자는 허허 웃은 후 『열하일기』를 뒤적거렸다. 원하는 장면을 찾은 남자가 큰 소리로 글을 읽어 나가기 시작했다.

백하에 이르렀다. 나루에는 먼저 건너려는 사람들이 시끌벅적 떠들고 있으나, 좀처럼 건너갈 수가 없었다. 부교를 만들고 있는 중이었다. 배들은 돌을 운반하는 데 투입되었다. 단 한 척의 배만 사람을 싣고 있었다. 지난 번 갈 때와는 사뭇 달랐다. 그때는 군기대신이 마중을 나왔다. 낭중이 우리를 먼저 건너가도록 배려해 주었고, 환관이 와서 여정도 탐문하였다. 그 바람에 제독과 통관도 기세가 당당하여 냇물에 다다르자 채찍을 들고 지휘를 하였으니, 그 기세가 산을 무너뜨리고 강을 메울 형세였다. 그러나 지금 북경으로 돌아가는 마당에는 측근의 신하가 나와서 전송하지도 않고, 황제 역시 한마디 위로의 말조차 없었다.

백하의 물도 지난번 건너간 물이고, 저기 모래 언덕도 갈 때 서 있던 땅이었다. 강산은 달라지지 않았는데 눈을 들어 바라보니 염량세태의 차이가 있는 격이었다. 슬프다. 세력이란 게 믿을 수 없음이 이와 같다는 생각이 들었다. 세력이 있는 곳에는 미친 듯이 달려들어 따르더니, 눈 깜짝할 사이에 시간이 지나고 일이 썰렁하게 식으면 의지하고 기댈 곳이 없어진다. 마치 진흙으로 만든 소가 바다의 개펄에 들어가 빠진 것처럼 한 번 가더니 소식도 없이 돌아오지 않는 것 같고, 빙산이 태양을 만나 흔적도 없이 녹아내린 것 같다. 세상이 생긴 이래로 이런 풍조가 휩쓸고 있으니 어찌 슬프지 않겠는가?"

벗의 얼굴이 잔뜩 붉어졌다. 남자가 의도한바 그대로 진흙으로 만든 소가 무엇을 의미하는지 알아챘기 때문이다. 남자는 지금 벗을 비난하고 있는 것이었다. 그것도 은근하게가 아니라 노골적으로. 남자는 그 정도 퍼부은 것으로는 기분이 풀리지가 않았다. 남자는 목청을 더 높였다. "내 열하에 가 보니 재미있는 사실이 하나 있더군. 황제들의 공덕을 줄줄이 늘어놓고 세상의 은택에 감격한다고 글을 써 대는 이들은 하나같이 한족 문인이더군. 왜 그런 걸까? 망한 명나라 백성이라 조금만 잘못해도 처벌을 받는 게 두려워 그런 걸까? 그게 아니면……."

"저의 진심을 모르시겠습니까?"

"진심? 모르겠네. 자신의 의견을 손바닥 뒤집듯 바꿔 버리는 게 자네의 진심인가? 벗과의 교우를 깡그리 잊는 게 자네의 진

188

심인가?"

"저는……."

"아직 말이 다 끝나지 않았네. 자네 말대로 내 글에 원굉도와 김성탄의 흔적이 있는 것은 사실이네. 그러나 그 두 사람의 흔적만 있다고 생각하나?"

"그렇지는 않습니다."

"내 글에는 원굉도와 김성탄은 물론이고 사마천과 반고와 한유와 유종원도 있다네. 그뿐인가? 아니지. 좌구명과 공양고도 있지. 서로 얼굴도 본 적이 없는 문장가들이 내 글 속에서 행복하게 거주하고 있는 셈이라네. 그걸 자네가 모른단 말인가?"

"문제는 읽는 이들이 그렇게 생각하지 않는다는 것입니다. 그들은 선생의 글에서 원굉도와 김성탄만 봅니다."

"그거야 원굉도와 김성탄의 글 쓰는 방식이 새로움을 갈망하는 사람들의 눈을 번쩍 뜨이게 만들기 때문이지. 내가 그들의 방식을 도입해 쓴 까닭도 그러하다네. 하지만 그게 전부는 아니라네. 그렇게 한번 눈을 번쩍 뜨고 나면 정신을 바짝 차리고 문장을 읽게 되어 있네. 그러다 보면 처음에는 보지 못했던 사마천과 반고와 한유와 유종원이 보이는 법이라네. 그게 바로 법고창신이란 것일세. 내가 초정에게 써 준 글을 혹시 기억하는가? '소위 법고한다는 사람은 옛 자취에만 얽매이는 것이 병통이고, 창신한다는 사람은 상도常道에서 벗어나는 게 걱정거리이다. 진실로 법고하면서도 변통할 줄 알고 창신하면서도 능히 전아하다면, 요즈음의 글이 바로 옛글인 것이다.' 이 뜻을 자네가 모르지는 않을 테지? 혹시 오해가 있을까 싶어 '창신을 한답시고 재주 부릴진댄 차라리 법고를 하다가 고루해지는 편이 낫다'는 말까지 붙였지 않나? 그러니까 나는 결코 새로운 것에만 환장하는 글쟁이가 아니란 말일세."

"'하늘과 땅이 아무리 장구해도 끊임없이 생명을 낳고, 해와 달이 아무리 유구해도 그 빛은 날마다 새롭듯이, 서적이 비록 많다지만 거기에 담긴 뜻은 제각기 다르다.' 이 부분은 방금 선생이 말한 것과는 사뭇 다르지 않습니까?"

"그것이 창신의 편을 든 것은 아니라네."

"아무튼 법고창신에 대해서는 더 하고 싶은 말이 있으나 지금은 때가 아닌 것 같습니다. 다만 읽는 이들에게 너무 많은 것을 기대하시는 것 같습니다. 그들이 옥석을 가릴 줄 안다면 임금이 지금처럼 직접 칼을 빼들고 나서지는 않았을 겁니다."

"읽는 이들이 우매한 탓이라는 건가?"

"그런 부분도 분명 있습니다."

"나머지는?"

"글을 쓰는 이에게도 책임이 있지 않겠습니까? 사대부가 무엇입니까? 사대부라면 개인적인 흥미와 세상의 요구를……."

"그만하게."

"그만둘 수 없습니다. 선생은 법고창신과 사이(中)의 묘를 말하며 이것과 저것의 구분이 아닌 새로운 통합, 혹은 이것과 저것의 중간에 자리한 진리를 말합니다. 혹은 진심이라고 바꾸어 불러도 좋겠지요. 그런데 그 진심, 그러니까 그 통합 혹은 중간의 진리는 도대체 무엇입니까? 심하게 말하면 선생은 양쪽 다 취하겠다는 것 아닙니까? 그럴 수는 없습니다. 다 가질 수는 없다는 말입니다. 그런데 그 절박한 상황에서 선생은 도대체 무엇을 취하는 겁니까? 순후한 고문입니까, 아니면 겉만 멀쩡하지 그 속은 속된 소설이나 하나 다름없는 금문입니까? 조선입니까, 청나라입니까?"

남자는 아무 말도 하지 않았다. 아니 아무 말도 할 수 없었다. 그 순간 남자를 위로하는 건 이덕무의 목소리였다. 이덕무는 일찍이 남자의 글을 읽고 다음과 같이 평한 바 있다. 이덕무는 자신이 평한 것, 실은 평이라 말하기 어려운 아름다운 문장들을 부드러운 목소리로 읽어 내려갔다.

사람들이 혹 비웃더라도 나는 화를 내지 않겠다. 사람들이 혹 책망하더라도 나는 두려워하지 않겠다. 나는 술동이 하나, 오래된 검 하나, 향로 하나, 등잔 하나, 벼루 하나, 매화나무 하나가 있는 속에서 내 벗에게 이것을 읽게 하리라. 내 벗은 나를 아는 자이다. 나를 안다면 나를 사랑하는 것이고, 나를 사랑한다면 어찌 내 글을 잘 읽지 않겠는가?[18]

이덕무의 목소리가 사라지고 벗의 얼굴만이 남았다. '나를 사랑한다면 어찌 내 글을 잘 읽지 않겠는가?' 남자가 속으로 읊었지만 벗은 아무런 반응도 보이지 않았다. 벗이 이덕무에게 보냈던 그 다정다감한 편지가 떠올랐다. "두건을 쓰고 나귀를 타고서는 동자로 하여금 거문고 한 틀과 술 한 동이를 들게 하고, 태을산에 들어가 종일토록 소요하고 돌아왔습니다."[19]

그 벗은, 여드름이 있던 그 젊은 벗은, 자신의 문장을 외우고 또 외우던 그 젊디젊은 벗은 도대체 어디로 사라졌나?

서로의 마음을 읽을 수 없는 남자와 벗 사이에 흐르는 것은 오직 내리는 눈과 바람 소리뿐이었다. 벗은 술잔을 단숨에 비우고는 이렇게 말했다. 조금 전의 흥분은 조금도 찾아볼 수 없는 말투였다.

"임금의 말 중 아직 전하지 않은 게 하나 있습니다."

"말해 보게나."

벗은 남자의 눈을 똑바로 바라보며 글을 읊었다. 이제는 기대하는 바가 없는 남자 또한 그 시선을 굳이 외면하지는 않았다.

동심童心은 참된 마음이다. 동심이 있으면 안 된다고 하면, 이는 참된 마음이 있으면 안 된다고 하는 것과 마찬가지이다. 동심이란 거짓 없고 순수하고 참된 것으로, 최초 일념의 본심이다. 동심을 잃으면 참된 마음을 잃는 것이며, 참된 마음을 잃으면 참된 사람을 잃는 것이다. 사람이 참되지 않으면 최초의 본심은 더 이상 자리할 곳이 없게 된다. 아이는 사람의 처음이요, 동심은 마음의 처음이다. 마음의 처음을 어찌 잃을 수 있겠는가? 그런데 어떻게 동심을 갑자기 잃게 될까? 처음에는 듣고 보는 것이 귀와 눈을 통해 들어오고, 그것이 마음의 주인이 됨으로써 동심을 잃게 된다. 자라면서 도리라는 것이 듣고 보는 것을 통해 들어오고, 그것이 마음의 주인이 됨으로써 동심을 잃게 된다. 오래되면 도리와 견문이 나날이 더욱 많아지고, 그러면 지식과 지각의 범위가 나날이 더욱 넓어진다. 그리하여 훌륭한 이름을 떨치는 것이 좋다는 것을 알아 이를 떨치는 데 힘쓰려고 하는 과정에서 동심을 잃게 되고, 좋지 않은 명성이 추하다는 것을 알아 이를 감추는 데 힘쓰려고 하는 과정에서 동심을 잃게 된다.

천하의 훌륭한 글 치고 동심에서 나오지 않은 것이 없다. 동심이 항상 존재한다면, 도리는 행해지지 않고, 견문은 설 자리가 없어져, 언제든 좋은 글이 써지지 않는 때가 없고, 누구든 좋은 글을 쓰지 않는 사람이 없고, 어떤 글이든 새로운 형태를 창작해도 좋은 글이 아닌 것이 없다. 좋은 시를 왜 꼭 옛날의 좋은 것들 사이에서 찾아야 하며, 좋은 글을 왜 꼭 선진 시대의 것에서 찾아야 하는가? 후대로 내려와 육조 시대에 이르러 근체로 변했고, 당대에 이르러 전기로 변했고, 송금 시대에 이르러 원본으로 변했고, 원대에 잡극으로 변했고, 『서상기』로 변했고, 『수호전』으로 변했고, 지금의 과거 시험 문장으로 변했으니, 모두 고금의 훌륭한 글들이다. 그것이 나온 시대의 선후로 좋고 나쁨을 따질 수는 없는 것이다.

그러므로 나는 동심으로부터 느껴지는 것에 의해 스스로 글을 쓴다. 그러니 더 이상 무슨 육경을 말하겠으며, 더 이상 무슨 『논어』, 『맹자』를 말하겠는가?[20]

"누구의 글인지는 아시리라 믿습니다. 원굉도가 이 사람을 만나 『분서』를 받아 읽었다는 것도 분명 아시리라 믿습니다."

물론 남자도 누구의 글인지는 잘 알고 있다. 벗이 읊은 것은 이탁오의 글이었다. 벗은 그 정도 선에서 입을 닫아 버렸지만 꼭 다문 입으로 전하고자 하는 뜻은 분명했다. 임금은 남자를 원굉도에게 연결 지을 뿐만 아니라 이탁오에게도 연결 짓고 있음을 노골적으로 드러내고 있었다. 남자가 사용한 갓난아기의 울음소리라는 표현은 결국은 원굉도와 이탁오에게 연결되는 것뿐 아니라, 육경과 『논어』, 『맹자』를 부정하는 사상에 이르게 되는 것이었다. 물론 이탁오에게서 끝나지는 않을 터였다. 소위 양명좌파라 불리는 이탁오의 사상은 필연적으로 왕양명과 연결되므로. 일찍이 양명은 학문에 대해 "대저 학문이란 마음에서 얻는 것을 귀하게 여긴다. 마음에서 얻어 옳지 않으면 비록 그 말이 공자에게서 나왔어도 옳다고 할 수 없는 것이다"라고 일갈하지 않았던가? 그런 맥락을 모두 꿰고 있는 임금은 그러므로 원굉도로부터 출발하는 남자의 사상이 결국은 이단인 양명학과 연결된다고 생각하는 것이었다. 양명학과 연결된다는 것은 무슨 뜻인가? 이황이 양명학에 대해 얼굴을 찌푸린 이래 양명학은 조선에서 금기의 학문이 되었다. 양명학을 인정한다는 것은 결국 주자의 성리학, 혹은 주자를 충실하게 계승한 이 땅의 주자인 송자 즉 송시열에 반기를 든다는 뜻이나 마찬가지였다. 그것은 결국 조선 사회의 주류로 영영 살아갈 수 없음을 의미했다.

벗은 이제 대화를 끝내려 하고 있었다. "이만하면 임금의 뜻은 충분히 아시겠지요? 선생을 믿습니다. 충분히 숙고하시어 올바른 결단을 내리시리라 믿습니다. 형암이 초정에게 편지를 보내 그 충정을 널리 알렸던 것처럼 말입니다."

벗은 무엇인가를 잊은 이처럼 잠시 얼굴을 찌푸리며 생각에 잠기더니 한마디를 더 덧붙였다. "윤가전 이야기를 하셨지요? 그런데 윤가전에게 일어난 일을 혹시 알고 계신지 모르겠습니다. 문자옥文字獄으로 죽었다고 하더군요."

"그게 무슨 소리인가?"

"황제와 가깝다고 하셨지요? 그 점을 생각한다면 더 의미심
장하지요. 윤가전은 자신을 고희 노인이라 불렀답니다. 그저
70세 노인이라는 뜻이겠지요. 그런데 그 호칭이 황제가 일찍이
썼던 것이라더군요. 혹은 자신의 아버지에게 시호를 내려달라
고 황제에게 부탁했다가 미움을 샀다는 말도 있고요. 어느 것
이 맞는지는 모르겠습니다만 교수된 것만은 확실합니다. 그가
썼던 책들은 모두 불에 태워졌고요. 예의와 법도에 무지한 오
랑캐 황제가 한 일이니 그리 심하게 탓할 것도 없겠습니다."

할 말을 모두 마친 벗이 고개를 숙여 보였다. 이제 가겠다는
뜻이다. 남자가 일어나자 벗도 따라 일어났다. 남자는 가슴속
에 담아 두었던 한마디 말을 자신도 모르는 사이에 내뱉었다.
"자네는 도대체 누구의 아들인가?"

벗은 잠시 생각하더니 대답 대신 의아한 표정만을 지어 보
였다. 남자는 곧바로 실수를 깨달았다. 남자는 손을 휘저으며
방금 한 말은 아무것도 아니니 잊어달라고 둘러댔다. 벗은 다
시 한 번 고개를 숙여 보인 후 마당을 지나 눈 내리는 벌판으로
향했다. 벗의 모습이 보이지 않을 무렵 남자는 무언가를 깨달
은 사람처럼 두 손을 마주쳤다. 벗에게 읽어 주고 싶었던 장면
이 한 박자 늦게 떠오른 탓이다. 남자는『열하일기』를 손에 들
었다. 그러고는 마치 앞에 벗이 있기라도 한 것처럼 천연덕스
럽게 읽어 나가기 시작했다. 남자가 고른 장면은 이러했다.

난간 주변에 한 사람이 앉아 있는데, 탁자 위에 놓인 붓과 벼루가 모두 아름다웠다. 내가 나아가 앉으며 글씨를 써서 성명을 물으니 대답은 하지 않고 손을 내저으며 즉시 일어나 문을 나가 버렸다. 나는 속으로 그가 집주인이 아니려니 생각하고 태호석이나 더 구경하려고 머물러 있었다. 그런데 방금 나간 그 사람이 웃음을 머금으며 한 소년을 데리고 들어오는 것이 아닌가? 소년은 내게 읍을 하고 앉자마자 종이를 펼쳐 만주 글자를 썼다. 내가 만주 글자를 모른다고 했더니 두 사람이 모두 웃었다. 돌아가는 상황을 짐작할 수 있다. 주인은 글자를 모르는 사람이라 황급히 맞은편 점포의 소년을 불러온 것이리라. 그런데 소년은 만주 글자는 잘하지만 한자를 알지 못했다. 그래서 대략 말로 수작을 했으나 피차 명확하게 알아듣지 못하는 까닭에 대충 얼버무리는 수준이었다. 이 무슨 황당한 상황인가? 셋은 귀머거리 아닌 귀머거리요, 장님 아닌 장님이요, 벙어리 아닌 벙어리인 것이다. 세 사람이 서로 마주 보고 앉아 있자니, 천하의 병신들이 모여 서로 웃음으로 얼렁뚱땅 때우는 것 같았다. 방금 소년이 만주 글자를 쓴 것을 보고 주인이 이렇게 말했다. "벗이 저절로 먼 곳에서 찾아오면 또한 즐겁지 아니한가?"

내가 답했다. "나는 만주 글자를 모릅니다."

소년이 말했다. "배우고 시간 나는 대로 익히고 또 익히면 또한 기쁘지 않겠습니까?"

내가 물었다. "당신들은 『논어』를 외울 줄은 알면서 어째서 한자는 모릅니까?"

주인이 답했다. "남들이 알아주지 않아도 화를 내지 않는다면 군자라고 할 수 있지 않겠습니까?"

내가 그들을 시험해 볼 요량으로 방금 암송한 『논어』의 3장을 한자로 써서 보여 주었다. 둘은 두 눈만 동그랗게 뜨고 뚫어지게 보더니 멍해져서 아무 말도 하지 못했다.[21]

남자는 벗이 사라진 벌판을 바라보았다. 남자와 벗과 임금이 벌이는 이 기괴한 싸움은 남자와 소년과 주인이 멀뚱멀뚱 눈만 뜨고 서로를 보았던 장면을 떠올리게 만들었다. 셋은 입을 열어 무언가를 말하나 상대방은 그 말을 하나도 알아듣지 못했다. 궁금해졌다. 남자와 벗과 임금 중 누가 남자이고, 누가 소년이고, 누가 주인일까? 곰곰 생각해도 답을 얻을 수 없었다. 남자는 답할 수 없는 질문을 머릿속 한구석에 담은 채 윤가전을 생각했다. 윤가전은 남자를 처음 만나던 순간 붉은 명함을 내밀며 자신을 소개했다. 명함에는 '통봉대부 대리시경을 지낸 윤가전'이라고 적혀 있었다. 그런 뒤 윤가전은 남자에게 의외의 말을 꺼냈다. 그 말은 이러했다. "바야흐로 지금 세상은 사해四海가 모두 한 집이니, 대문 밖을 나서면 모두가 동포 형제입니다."

남자의 가슴에 깊은 울림을 준 문장이었다. 남자는 윤가전을 그제야 자세히 보았다. 나이는 칠십이었지만 오십 정도로밖에는 보이지 않았다. 큰 키에 빛나는 눈동자가 특히 인상적이었다. 그렇듯 생각을 이어가다 보니 그와 나누었던 수많은 말들 중 떠오르는 것이 있었다. 열하에서 헤어지던 날 윤가전이 했던 말이었다. 윤가전은 북경에서 다시 만날 것인데도 다시는 못 볼 사람처럼 눈물을 훔치며 이렇게 말했다.

"나는 이제 나이가 들어 아침나절 풀끝에 달린 이슬과 같은 신세입니다. 선생은 아직 한창 나이이니 만약 다시 북경에 오게 된다면 응당 오늘 이 밤이 생각나겠지요."

윤가전은 잔을 잡아 달을 가리키면서 말을 이었다. "저 달 아래에서 서로 이별을 하게 됩니다. 다음에 서로 생각이 날 때, 만 리 밖에서라도 저 달을 보게 되면 선생을 본 듯 여길 것이외다. 그동안 뵈오니 선생은 술도 잘 드시고, 한창 나이이니 응당 여색도 좋아하실 터인데, 원하옵건대 이제부터는 삼가시고 몸을 수련하시기 바랍니다. 저는 18일에 북경으로 돌아갈 터이니, 그때 선생이 아직 귀국하지 않았다면 서로 다시 만날 수 있기를 간절히 바랍니다. 북경 동단패루의 두 번째 골목에서 두 번째 집, 대문 위에 대리시경이란 편액이 걸려 있는 집이 바로 제가 거처하는 집입니다."

우리는 서로 악수를 하고는 작별하였다.²²

어디에도 달은 보이지 않았다. 사방에 눈만 가득할 뿐이었다. 남자는 벌판을 향해 고개를 숙였다. 저 앞 어디엔가 윤가전이 서 있기라도 한 것처럼. 불쌍한 윤가전. 황제와 시를 주고받는 벗이면서도 결국은 카이카이되고 말았다니. 남자는 목을 만졌다. 카이카이되지 않을 목을. 그러나 어쩌면 카이카이되는 것보다 더 심한 횡액을 당하고 있는 머리가 달린 목을.

그런데 과연 벗은 누구의 아들일까?

카이카이를 떠올리며 윤가전을 추모하고 자신의 처지를 비교하는 그 순간 엉뚱하게도 남자의 머릿속을 채운 질문이었다.

4장

벗에게 쓰는 편지

1

그치지 않을 것 같던 눈이 마침내 그쳤다. 눈이 그치자 남자의 마음이 덩달아 분주해졌다. 벗이 가고 눈이 그친 건 일종의 계시였다. 어찌 되었건 간에 편지는 써야 했다. 임금의 뜻을 전한 편지를 받고도 나 몰라라 버티고만 있을 수는 없었다. 카이카이가 두려워서가 아니라 그것이 최소한의 도리였기 때문이다. 그러나 도대체 뭐라고 쓴단 말인가? 어떤 글을 첨부한단 말인가?

주위의 의견은 한결같았다. 그들은 한 목소리로 남자에게 이렇게 말했다. "임금께서 『열하일기』를 거론하신 것은 기실 노여워하여 하신 말씀이 아니라 장차 파격적인 은총을 내리시려는 것입니다. 여러 사람의 잘못을 일일이 지적하면서도 선생의 이름을 들어 죄인 중의 우두머리라고 하신 것은 주의를 주어 그 글을 좀 더 발전되게 함으로써 장차 문임文任을 맡기려는 의

도입니다. 더군다나 『열하일기』를 가리켜 문체를 그르친 장본
이라 하시면서도 그것을 익히 보았노라고 하여 애호하는 뜻을
나타내셨으니 더 할 말이 뭐가 있겠습니까? 서두르십시오. 어
서 바른 글을 한 부 지어서 보내셔야 합니다."

　아침에 도착한 편지 한 통도 그 뜻은 비슷했다. 남자의 처남
이재성이 보내온 편지였다.

　공의 글은 필력이 높고 굳세지만, 자구 하나하나를 보자면
고문을 전적으로 본뜬 것은 아닙니다. 물론 그렇다고 해서 어
찌 공의 글을 명청의 소품이라 할 수 있겠습니까? 사람들이 그
런 오해를 하는 건 공의 글 가운데 고문의 법도에 맞는 글은 미
처 얻어 보지 못한 채 일세에 유행한 『열하일기』만을 아는 때
문이지요. 공이 자중자애하지 않고 거리낌 없이 해학과 풍자를
일삼아 진중하지 않은 점은 있다 할지라도, 어찌 섬약하고 유
약하기 짝이 없는 최근 문사들의 글과 같은 선에 놓고 볼 수 있
겠습니까? 그러니, 공의 글을 배운 까닭에 오늘날의 문풍이 이
렇게 되어 버렸다고 말한다면 이는 정말 억울한 일이 아니겠습
니까? 제 생각으로는 약간의 우스갯소리만 찾아내어 없애 버린
다면 『열하일기』이 책이 바로 순수하고 바른 글일 것입니다.'

　다른 이들과 그 뜻은 비슷하나 남자의 마음을 잘 알고 있는
이재성답게 적당한 위로와 구체적인 방법을 제시한 게 달랐다.
따지고 보면 일리가 있는 말들이었다. 남자는 어제 만난 벗의
입에서 나왔던 '진심'이란 말을 떠올렸다. 그렇다. 임금의 진심

은 남자에게 벌을 주려 함은 아닐 것이다. 벌을 주려면 벗에게 편지를 보내게 하고, 또 벗을 보내지도 않았을 것이다. 복잡한 형식을 기꺼이 감내하는 임금이 원하는 것은 오직 하나, 고개를 숙이고 자신의 뜻을 따르는 일이었다. 남자는 한숨을 내쉬었다. 남들은 쉽다 말하지만 남자는 그렇지 않았다. 못되었기 때문일까? 임금이 원하는 그 하나가 남자는 참으로 하기 싫었다. 쓸데없는 고집일 수도 있었다. 임금이 굴욕을 강요하는 것도 아니었다. 말을 안 들으면 카이카이시키겠다는 것도 아니었다. 다만 임금의 구미에 맞는 글 하나만을 지어 바치라는 것이었다. 임금은 제학을 맡기겠다고 하지만, 그건 준다고 해도 받기 싫었다. 제학? 그것은 결국 또 다른 굴레일 뿐이었다. 세상 사람들의 생각에는 제학이 상이겠지만 남자에게는 족쇄와 하나 다를 바가 없었다. 제학이 되면 남자는 임금의 수족이 되어 자신의 의지와는 상관없이 바쁘게 움직여야 하리라. 검서가 되어 밤낮으로 책만 보고 있어야 했던 이덕무, 박제가, 유득공보다 더 바쁘게 움직여야 하리라. 제학이란 직위를 걸었을 당시의 임금 또한 그 점을 모르지는 않았을 터이고. 영악한 임금!

아무튼 당장 남자에게 필요한 것은 자신에게 쏠린 관심이 사라지는 것뿐이었는데, 그건 그리 어렵지 않은 게 순정하고 바른 글 한 편이면 남자의 소원은 쉽사리 이루어질 게 분명했다. 남자는 다시 한 번 한숨을 내쉬었다. 영민한 벗은 일찌감치 임금에게 고개를 숙였다. 벗은 자신의 생각이 박남수의 것과 하나 다르지 않은 것처럼 강변했지만 실상은 그렇지 않다는 것을 남자는 잘 알고 있었다. 머리 좋은 벗도 자신이 일찍이 남자를 찾아와 오직 고문 하나에 몰두한 채 널리 취하기를 거부하는 박남수에 대해 하소연한 적이 있다는 사실은 기억이 나지 않는 모양이었다. 또한 벗은 김성탄을 천하의 몹쓸 사람처럼 말했지만 실상은 그렇지 않다는 것을 남자는 잘 알고 있었다. 패관소품과 김성탄에 대한 관심은 일찍이 소설을 읽은 죄로 견책을 받은 바 있는 김조순과 이상황 못지않았다. 근무 시간 중에도 패관소품이 생각난다며 입맛을 다시던 그였다. 벗에게 보내는 편지에도 패관소품에서 끌어온 이야기를 꼭 쓰곤 하던 그였다. 그럼에도 벗은 자신의 생각을 고집하지 않았다. 그 이유는 간단했다. 임금이 패관소품을, 순정하지 않은 글을 싫어했기 때문이다. 그리하여 자신의 의견은 완전히 사라지고 마침내 다음과 같은 군건한 결의마저 임금에게 내비치게 되는 것이었다.

일찍이 나는 이렇게 생각했다. "학문하는 것과 문장 짓는 것은 다르지 않다. 학문을 하면서 공맹과 정주를 바탕으로 하지 않으면 이단일 뿐이고, 문장을 지으면서 『사기』, 『한서』, 당송 팔가문을 그 문로로 삼지 않으면서 정종正宗이라고 이른다면 이는 그릇된 것이다."[2]

남자는 붓을 들었다. 당장 답장을 쓰려는 것은 아니었다. 이재성의 편지를 읽고 난 뒤라 그런지 그동안 미뤄 뒀던 사소한 오류, 혹은 조금은 과한 표현들을 바로잡고 싶은 생각이 들었기 때문이다. 언젠가는 해야 할 그 작업을 더 미뤄서는 안 될 것 같은 생각이 들었기 때문이다. 그런데 남자의 손은 생각처럼 움직이지를 않았다. 남자가 고치기를 원하는 부분이 아니라 자꾸 벗이 지적한 부분, 정확히 말하면 임금이 지적한 부분을 찾아 나가고 있는 것이었다. 남자의 손은 남자도 모르게 이미 결심을 굳힌 모양이었다. 마음이 따르지 않는다면 육신이 앞장 서겠다고 결정한 모양이었다. 마음과 몸의 대결을 지켜보던 남자는 마침내 깊은 한숨을 쉬고는 원고를 덮었다. 이대로는 아무것도 할 수 없을 터였다. 아니 더 앉아 있다가는 송욱처럼 미치고 말 터였다. 남자는 잠시 눈을 감았다 뜨고는 다시 『열하일기』를 펼쳤다. 남자는 한두 줄을 건성으로 읽더니 이내 고개를 들이민 채 웃음을 터뜨렸다. 남자를 포복절도하게 만든 것은 바로 남자 혼자서 열하의 술집에 들어간 장면이었다.

누각 이층에는 한족이든 만주족이든 간에 중국 사람이라곤 한 명도 보이지 않고 몽고족과 회족 두 오랑캐 종족만 있었다. 모두 사납고 추하게 생겼다. 괜히 올라왔다고 후회를 했지만 이미 술을 시킨 마당이라 어쩔 수 없이 좋은 의자 하나를 골라서 자리에 앉았다. 술집 심부름꾼이 술을 몇 냥이나 마시겠냐고 물었다. 술을 무게로 달아서 팔기 때문이다. 넉 냥어치를 가져오라고 시켰다. 심부름꾼이 술을 데우려고 하기에 소리를 질러 데우지 말고 그대로 가져오라고 했다. 심부름꾼은 싱긋이 웃으며 술을 따라서 가지고 오더니 작은 잔 두 개를 탁자에 놓았다. 담뱃대로 작은 잔을 쓸어서 뒤집어 버렸다. 그러고는 큰 사발을 가지고 오라고 냅다 소리를 질렀다. 큰 사발이 놓이자마자 한꺼번에 술을 모두 따라서 단숨에 들이켰다. 뭇 오랑캐들이 서로서로 얼굴을 빤히 쳐다보며 경이로운 표정을 지었다. 아마도 내가 호쾌하게 마시는 것을 제법 대단하게 여긴 모양이었다. 대체로 중국의 술 마시는 법이란 대단히 얌전하다. 한여름에도 술은 반드시 데워 마시는데 그 방식은 소주일지라도 예외가 없다. 술잔은 은행알만큼 작다. 그 작은 술잔을 이빨에 걸쳐 가지고 홀짝홀짝 빤다. 그나마 남은 것은 탁자 위에 놓았다가 조금 뒤에 다시 홀짝거린다. 오랑캐들의 마시는 법도 중국과 대동소이해서 우리 풍속의 소위 사발때기처럼 술잔을 뒤집어서 털어 넣는 법은 결코 없다.

내가 술을 데우지 말고 찬술을 그대로 가져오라고 하고, 또 단번에 넉 냥어치의 술을 들이마신 까닭은 저들을 겁주기 위함이었다. 실상은 겁이 나서 그런 것이지 진정한 용기는 아니었다. 내가 찬술을 시킬 때 저들 오랑캐들은 이미 열에 셋쯤 놀랐을 터이고, 대번에 들이마시는 것을 보고는 크게 놀라 내게 겁을 먹었을 것이다. 주머니에서 엽전 여덟 푼을 꺼내어 심부름꾼에게 주고 일어서려고 하는데 뭇 오랑캐들이 의자에서 내려와 머리를 조아리며 일제히 자리에 다시 앉으라고 청했다. 한 놈이 일어나서 자기의 의자를 비워 주며 나를 부축하더니 그 자리에 앉혔다. 저들은 비록 좋은 뜻으로 하는 행동이겠으나, 내 등은 이미 땀으로 흥건하게 젖었다.

오랑캐 하나가 일어나 술 석 잔을 따르고는 탁자를 두드리며 내게 마시기를 권했다. 나는 일어나서 사발 안에 있던 찻잎 찌꺼기를 난간 밖으로 던져 버리고, 석 잔 술을 그 사발에 모두 부어 단번에 호쾌하게 들이켰다. 그러고는 몸을 돌려 크게 읍을 하고는 더벅더벅 큰 걸음으로 계단을 내려오는데, 그들이 뒤에서 쫓아오는 것 같아 모발이 쭈뼛하고 서걱거렸다. 한길에 나와 서서 누각 위를 올려다보니 아직도 시끌벅적 웃음소리가 났다. 아마도 내 이야기를 하는 모양이다.[3]

남자는 한참을 더 웃은 뒤 책을 덮으며 중얼거렸다. "재미있군, 재미있어. 이 부분은 아무래도 뺄 수 없겠어."

웃음은 한순간이었다. 갑자기 온몸이 떨려 왔고, 등은 땀으로 흥건해졌다. 남자가 처한 상황은 오랑캐가 남자 하나만을 주목하고 있던 그 두려운 때와 하나 다르지 않았다. 모두가 남자를 바라보고 있었다. 돈을 걸고 내기하는 자들도 있었다. 비아냥거리는 자들도 있었다. 박수를 치며 환호하는 이들도 있었다. 그들 모두가 바라는 것은 하나! 그들을 즐겁게 할 무언가를 남자가 제공해 주는 것. 임금 앞에 고개를 조아리며 고문의 대가 행세를 하는 것! 남자는 자리에서 일어났다. 눈 덮인 벌판이라도 걸어야만 할 것 같았다. 온통 글에 대한 생각, 임금과 벗에 대한 생각으로 가득 찬 머리를 조금은 식혀야만 할 것 같았다. 효과는 있었다. 벌판을 한 바퀴 돌고 온 남자를 반기는 것은 한 통의 부음이었다.

2

이덕무가 죽었다. 소식을 전한 이는 박제가였다. 박제가는 자신의 글 마지막에 이렇게 적었다. "연옹에게 알립니다. 우리의 벗 형암이 죽었습니다. 죽는 그날까지 자송문을 쓰다 죽었다 합니다."

남자는 자기도 모르게 탄식을 내뱉었다. "섭구로 살다 죽었구나."

"섭구라 하셨습니까? 그건 제가 아니라니까요."

죽었다던 이덕무의 목소리였다. 그러나 이덕무는 보이지 않는다. 환청이 분명했다. 죽은 자가 말할 수는 없으므로. 그럼에도 섭구 벌레를 논하는 이덕무의 부드러운 목소리는 실제보다 더 확실하게 남자의 머리를 가득 채웠다.

섭구 벌레는 모습이 네모나고 안온하다. 색은 하얀데, 무수

한 검은 점이 있다. 길이는 주척周尺으로 한 자가 채 못 되고 두께는 반 자쯤 된다. 맥망脈望을 잘 기르며, 책 상자 속에 몸을 숨기기를 좋아한다. 옛날에 이씨 성을 가진 사람이 있었는데, 그 성품이 자기를 감추길 좋아하고 겸손했다. 그는 이 벌레가 그 몸을 감추는 게 자기와 비슷함을 사랑하여 가만히 길러 번식을 시켰는데, 보고 듣고 말하고 생각하는 것이 기실 둘이 서로 통했다. 지금 「산해경보」에서 말한, "팔이 둘이고, 다리가 둘이며, 손가락이 다섯인데, 먹물을 먹으며, 토끼의 털을 핥는다. 영처嬰處라고 자호한다"라는 것은 실은 다 틀린 말이다.'

이덕무는 섭구 벌레가 자신이 아니라며 극력 변호하고 있었다. 「산해경보」에 적힌 내용은 다 거짓이라고 단언하고 있었다. 그에 따르면 섭구 벌레는 사람이 아니라 책이었다. 그렇다면 이덕무더러 섭구 벌레라고 한 이는 누구인가? 「산해경보」라는 들어 보지도 못한 글을 쓴 이는 누구인가? 그것은 바로 남자였다.

백제의 서북으로 300리 거리에 탑이 있고 탑 동쪽에 벌레가 있는데 그 이름이 섭구다. 귀와 눈은 바늘구멍 같고, 입은 지렁이의 구멍 같다. 그 성품이 매우 슬기로우며, 양보하기를 좋아하고 몸을 잘 감춘다. 팔이 둘, 다리가 둘, 손가락이 다섯이고, 상투는 하늘을 향하고 있으며, 그 마음은 좁쌀만 하다. 먹물을 잘 먹으며, 토끼를 보면 그 털을 핥고, 언제나 이름으로 자호한다(어떤 이는 일명이 영처라고 말한다). 이 벌레가 세상에 나타나면 천하가 문명해진다. 이것을 먹으면 미련하고 어질지 못한

병을 고칠 수 있고, 마음의 눈이 밝아지며, 사람의 슬기와 식견이 더해진다.[5]

섭구 벌레를 둘러싼 논쟁, 아니 논쟁이라기보다는 한바탕 신나는 문장 놀이는 남자와 이덕무만 아는 것이었다. 그 놀이의 시작은 이덕무가 지은 한 권의 책에서 비롯되었다.

박미중朴美仲(박지원)이 나와 한마을에 살면서 아침저녁으로 담소했는데 아취가 서로 비슷했으며, 해학을 덧붙인 문장으로 자기 마음을 나타내곤 하였다. 내가 쓴 책인 『이목구심서』를 보여달라는 편지를 세 번이나 보내왔으므로 내가 승낙했다가, 다음날 편지를 보내 돌려달라고 하면서 이렇게 적었다. "귀와 눈은 바늘구멍 같고, 입은 지렁이 구멍 같으며, 마음은 좁쌀만 하니, 대방가大方家의 비웃음을 사기에 족할 뿐이외다."

미중이 나의 편지 행간에 주註를 달았다. "이 벌레의 이름이 무엇인지, 아는 것도 많은 당신이 한번 해명해 보구려."

다시 편지를 보냈다. "한산주漢山州 조계曹溪의 종본탑宗本塔 동쪽에 옛날 어느 이씨가 벌레 한 마리를 길렀는데, 벌레 이름은 섭구라고 하지요. 이 벌레는 그 성품이 겸손하고 몸을 숨기기를 좋아한답니다."

미중이 장난으로 「산해경보」를 지어 나를 섭구 벌레로 풀이 했기에, 내가 다시 장난으로 곽경순의 주를 본떠, 내가 아니라 내 책 『이목구심서』가 바로 섭구 벌레임을 밝혔다.

섭구란 무슨 뜻인가? 귀, 눈, 입, 마음을 말한다. 또 섭囁은 말을 함부로 않는다는 뜻이며, 구뼐는 구懼이니, 전전긍긍하며 몸가짐을 조심한다는 뜻인데, 『이목구심서』의 내용이 대체로 그런 것들이다. 혹자가 내게 묻는다. "눈이 둘, 입이 하나, 마음이 하나인 것은 맞지만, 귀는 왜 셋인가?"

내 대답은 이러했다. "눈으로 보고 입으로 말하고 마음으로 생각하는 것보다 귀로 많이 듣고자 해서 그런 것이외다."[6]

하필 벌레의 이름을 섭구라 했는지. 이덕무는 자신이 아니라 책이 섭구라고 했지만, 남자는 그 섭구가 책이 아닌 이덕무임을 알았다. 말을 함부로 하지 않고, 전전긍긍하며 몸가짐을 조심하는 벌레, 섭구. 귀 2개도 모자라 3개이기를 바라며 살았던, 보고 말하기보다는 듣는 일이 더 많기를 바라며 살았던 벌레, 섭구.

이덕무는 죽는 날까지 섭구로 살았다. 임금의 억지스러운 명령에 대꾸 하나 하지 않고, 오로지 귀로 들은 것을 진리로 여기고 순종하며 살다 죽었다. 남자는 솟구치는 역정을 참을 수가 없었다. 왜 이덕무는 스스로를 섭구로 만들었나? 자신이 아니라 책이 섭구라고 했으면서. 차라리 마음이 셋이었으면 좋았을 것을. 그랬다면 임금의 명령 따위는 여러 마음 중 하나에만 담고 나머지 두 개의 마음으로 가뿐하게 살아갈 수도 있었을 것을. 불행하게도 이덕무는 그러지 못했다. 그는 귀는 세 개이나 마음은 하나뿐인 섭구였다. 그는 그 섭구 외에 다른 섭구는 몰랐다. 그를 죽음으로 이끈 것은 임금이 아니라 그 자신이었다.

남자는 벽에 몸을 기댔다. 자신이 섭구가 된 것처럼 온 몸에 기력이라고는 하나도 없었다. 이덕무는 참으로 안타까운 사람이었다. 그 뛰어난 재능을 갖고도 검서와 현감 자리에 만족할 수밖에 없었으니. 이덕무가 남자의 입장이었다면 그는 다른 삶을 살았을 것이다. 눈과 입을 막고 귀만 있는 답답한 존재로는 살지 않았을 것이다. 자신의 속내를 더 당당하게 드러내며 한 세상을 휘저으며 살았을 것이다. 그 뛰어난 글 솜씨를 발휘해 세상을 뒤흔드는 책들을 수도 없이 지어냈을 것이다. 남자는 박제가가 보내온 편지를 다시 손에 들었다. 이덕무의 부음을 전하는 그 짧은 문장들 속에는 박제가의 분노와 슬픔이 송두리째 담겨 있었다.

우리의 벗 형암이 죽었습니다.
죽는 그날까지 자송문을 쓰다 죽었다 합니다.

둘도 없는 벗인 이덕무의 죽음 앞에서 박제가의 할 말이 어찌 그것뿐이었겠는가. 그럼에도 박제가는 두 개의 문장으로 이덕무의 죽음을 정리하고 있었다. 그 심정을 짐작할 수 있었다. 그러지 않고서는 자신을 추스를 수가 없는 탓이다. 이덕무를 따라가고 싶은 마음을 누를 수가 없는 탓이다. 세상에 대한 과한 분노를 한꺼번에 분출하고 싶은 마음을 막을 수가 없는 탓이다. 하지만 그것은 이덕무가 원하는 바가 아닐 터였다. 그랬기에 박제가는 그 분노와 슬픔을 두 개의 문장에 모두 쏟아 붓고는 재빨리 뚜껑을 덮고 밀봉해 버린 것이다. 남자는 박제가의 얼굴을 상상할 수 있었다. 이승에서 오래도록 외톨이로 쓸쓸하게 지내게 된 박제가의 굳은 얼굴을, 꼭 다문 입술을, 흔들리는 주먹을. 단단함을 가장하며 의지가지없는 신세가 된 자신을 숨기려 애쓰는 불쌍한 사람. 남자는 박제가가 쓴 그 두 개의 문장을 소리 내어 읽어 보았다.

우리의 벗 형암이 죽었습니다.
죽는 그날까지 자송문을 쓰다 죽었다 합니다.

죽는 그날까지 자송문을 썼다는 것은 거짓이 아닐 것이다. 성실한 이덕무는 그러고도 남을 사람이었으니. 이덕무는 도대체 어떤 내용의 자송문을 목숨이 위태로운 것을 알면서까지 쓰려 했던 것일까? 안타깝게도 이제는 그 누구도 알 수 없는 글, 세상에 존재하지 않는 글이 되어 버렸다. 그렇다면 박제가는? 남자는 그제야 박제가가 전한 것이 이덕무의 부음만이 아니라는 사실을 깨달았다. 박제가는 자신의 글 마지막에 이덕무의 부음을 전했다. 남자는 이덕무의 부음이 제일 먼저 눈에 들어오는 바람에 지금껏 그 사실을 잊고 있었다. 박제가가 이유도 없이 자신의 글을 앞세웠을 리는 없었다. 아마도 그 글은 박제가가 이덕무에게 전하고픈 말일 터였다. 또한 남자에게 전하고픈 말일 터였다. 그렇다면 서둘러 그 글을 읽어야 하리라. 남자는 자꾸만 터져 나오려는 울음과 탄식을 누르고 박제가의 글을 읽기 시작했다.

세상에 한가로이 떠도는 이야기 중 신의 글이 명나라의 습속을 배웠다고 헐뜯는 것이 있지만 이는 말도 되지 않는 소리입니다. 대저 사인詞人의 글에는 시대가 있지만, 지사의 글에는 시대가 없습니다. 신이 사인으로 자처하는 것은 아니지만, 뜻을 둔 바는 있습니다. 13경經을 날줄로 삼고 23사史를 씨줄로 삼아 서로 얽어 헤아려 여기에 바탕을 두고 실용에 돌아가기를 힘쓰는 것이 신이 배우고자 하는 바입니다. 비록 그 경지에 능히 이르지는 못했으나 마음은 진작 거기에 가 있었습니다. 체제를 구별하여 성당을 으뜸으로 삼고 8대가를 일컬으며 스스로 훌륭한 문장가라 하는 것에 이르러서는 진실로 겨를이 없습니다. 더구나 잗단 재주를 파는 섬인纖人의 문장을 표절하거나 소설이나 연극 대본 따위를 독실하게 믿는 것은 신이 크게 부끄럽게 여기는 바입니다. 지금 사람들은 신의 반 토막 원고조차 본 적이 없으면서, 무엇으로 신에 대해 논한단 말입니까? 어찌 예전에 지은 응제應製의 글 한두 편을 가지고 합당치 않다고 여기는 것입니까?

잘못에는 두 가지가 있습니다. 배움이 지극하지 못한 것은 진실로 신의 잘못입니다. 하지만 천성이 다른 것은 신의 잘못이 아닙니다. 이를 음식을 상에 놓는 것에 비유해 말해 보겠습니다. 보통 서직黍稷은 앞자리에 놓이고 국과 포는 뒤에 놓입니다. 맛으로 비유해 볼까요? 소금에서 짠맛을 가져오고, 매실에서 신맛을 취하며, 겨자로 매운맛을 가져오고, 찻잎에서 쓴맛을 취하는 법입니다. 짜고 시거나 맵고 쓰지 않음을 가지고 소금이나 매실, 겨자와 찻잎을 죄주는 것은 마땅합니다. 그렇지만 반드시 소금과 매실과 겨자와 찻잎이 각기 그 물건 되는 것을 나무라 "너는 어찌 서직과 비슷하지 않은가?"라고 하거나 국과 포에게 "너는 왜 앞자리에 있지 않느냐?"라고 말한다면, 지적을 당한 것들은 실질을 잃게 되고 천하의 맛은 폐해지고 말 것입니다. 그런 까닭에 아가위나 배, 귤과 유자 같은 과실, 개구리밥과 흰쑥, 붕어마름이나 물풀 같은 음식, 이빨이 날카로운 들짐승이나 깃털 달린 날짐승의 제사 음식도 못 쓸 것이 없는 것은 입에 맞는 바가 있기 때문입니다. 그런 까닭에 선에는 일정한 스승이 없다고 말하는 것입니다. 비지批旨에서 말씀하신 "하늘을 나는 새나 물에 잠긴 물고기도 그 본성을 저버리지 아니하고, 둥근 장부와 네모진 구멍이 각각 그 쓰임에 알맞다"라고 하셨으니 성군께서 문장을 논하심이 참으로 훌륭하다 하겠습니다.'

3

　박제가는 맛난 것을 참 좋아하는 사람이었다. 단 것을 애호하는 편이었던 이덕무는 자신보다 더 단 것을 탐하는 박제가에 대한 불만을 이서구에게 편지로 적어 보내기도 했다.

　내가 단 것을 좋아하는 것은 성성猩猩이가 술을 좋아하고 원숭이가 과일을 즐기는 것과 같소. 내 친구들은 그러므로 단 것을 보면 나를 생각하고 단 것이 있으면 나를 주곤 하는데, 초정만은 그렇지 못하오. 그는 세 차례나 단 것을 먹었는데, 나를 생각지 않고 주지 않을 뿐만 아니라, 남이 나에게 먹으라고 준 것까지 수시로 훔쳐 먹었소. 친구의 의리에 있어 허물이 있으면 규계하는 법이니, 그대가 초정을 깊이 책망해 주기 바라오.[8]

　물론 진심은 아니었을 것이다. 이덕무는 벗의 잘못을 다른 이에게 떠벌리는 사람이 아니었다. 그가 이서구에게 편지를 보냈다는 것은 박제가의 일을 벗들의 유희로 삼기 위함이었다. 벗들은 단 것을 잔뜩 가져다주는 것으로 이덕무의 투정에 응답했다. 그렇다고는 해도 그 속에 일말의 진실은 있게 마련이었다. 일의 전말이야 어찌되었건 박제가가 음식을 탐하는 편이라는 건 변명의 여지가 없는 사실이다. 그러나 박제가는 그 점에서 오히려 대단한 면모를 보인다. 박제가는 자신의 식탐을 훌륭한 글로 승화시킨 사람이었다. 『시선』이라는 책에 쓴 서문에서 박제가는 "맛없는 음식은 오히려 먹지 않는다. 시를 가려 뽑는 방법도 이것과 무엇이 다르겠는가?"라고 하며 시를 가려 뽑는 일을 음식의 맛에 비유했다. 그런데 『시선』의 저자가 뽑은 시들이 박제가의 마음에 썩 들지는 않았던 모양이다. 이번에는 공자와 물맛의 예까지 들어가며 언성을 높이는 것을 보면.

공자께서는 "먹고 마시지 않는 사람이 없건만 능히 맛을 아는 자는 드물다"고 하셨다. 이로 미루어 볼 때, 성인의 마음은 섬세한 까닭에 능히 그 말로 설명할 수 없는 오묘함을 얻을 수 있었고, 속인은 온통 한 가지 특색만 찾으므로 날마다 쓰면서도 알지 못하는 것일 뿐이다. 어떤 이가 물은 도대체 무슨 맛이냐고 하기에 이렇게 대답했다. "물은 실로 맛이 없다. 하지만 목마를 때 마시면 천하에 이보다 훌륭한 맛이 없다." 지금 그대는 목마르지가 않다. 그러니 어찌 족히 물의 맛을 알겠는가?'

"지금 그대는 목마르지가 않다. 그러니 어찌 족히 물의 맛을

217

알겠는가?" 그 마지막 구절이 남자의 마음에 절절하게 와 닿았다. 어쩌면 박제가가 임금에게 하고 싶었던 말도 바로 그 구절이었는지 모른다. '내가 보기에 임금은 지금 목마르지가 않습니다. 그러니까 물의 맛을 모르는 것입니다.'

물이란 물론 글일 터였다. 그러나 한 손으로는 화살을 쏘고 다른 손으로는 칼을 휘두르는 서슬 퍼런 임금에게 그런 식의 말을 할 수는 없었다. 천하의 문장에 대해 자신보다 잘 아는 이는 없을 거라 굳게 믿고 있는 임금에게 할 말은 아니었다. 둘째가라면 서러워할 정도의 고집불통인 박제가였지만 핏대 올리고 있는 임금 앞에서 목마르니 어쩌니 하는 이야기를 꺼냈다간 만사 끝장이란 걸 모를 정도로 비현실적이지는 않았다. 그런 면에서 박제가의 자송문은 참으로 교묘했다. 자송문의 앞부분에서 그는 자신을 검서관으로 발탁해 준 임금의 은혜를 칭송한 뒤, 마지막 부분에 아취 가득한 고문인 「비옥희음송」을 붙여 패관소품에만 능하다는 세간의 평을 불식시키는 전략을 구사했다. 거기에서 끝났다면 안 그래도 심란한 남자는 별 생각 없이 그의 글을 치워 버렸을 것이다. 그러나 박제가는 역시 박제가였다. 「비옥희음송」을 설명하는 글 마지막 부분, 그러니까 「비옥희음송」으로 넘어가기 전에 자신의 장기라 할 음식 이야기를 슬며시 집어넣은 것이다. 이덕무를 화나게 했던 식탐가다운 꼼꼼함으로 소금과 매실, 겨자와 찻잎의 맛을 줄줄이 늘어놓고는 그것들에게 왜 다른 맛을 내지 않느냐고 비난하는 것은 잘못이라 말하고 있는 것이다. 그러한 장치를 통해 자송문의 농도를 살짝 희석시켜 버린 그는 발 뺄 자리를 마련하는 것도 잊지 않았다. 단순히 자신이 그렇게 주장하는 게 아니라 실은 임금의 비지에도 그와 비슷한 종류의 말이 있다고 능쳐대고 있는 것이었다. "하늘을 나는 새나 물에 잠긴 물고기도 그 본성을 저버리지 아니하고, 둥근 장부와 네모진 구멍이 각각 그 쓰임에 알맞다"라는 문장이 바로 그것이었다. 그렇듯 은근슬쩍 자기의 견해를 밝히고는 "이것은 신등이 날마다 애를 써서 독서를 그만두지 않는 까닭입니다. 신은 삼가 성상의 말씀을 받들어 「비옥희음송」 한 편을 지어 두 번 절하옵고 머리를 조아려 바칩니다" 하고 지극한 충성을 가장하며 마무리를 지었다.

남자는 박제가를 좋아했다. 그의 정곡을 찌르는 날카로운 글 솜씨와 도도하고 거칠 것 없는 자기 피력을 좋아했다.

남자는 박제가를 좋아하지 않았다. 과장하기 좋아하고 때로는 예의라고는 아예 본 적도 없다는 듯한 무례한 태도를 좋아하지 않았다. 남자는 박제가에게 몇 번 지나가는 말로 자신의 속내를 비춘 적도 있다. 청나라에 다녀온 후 그곳 선비들과 만난 일을 온 사방에 떠들고 다니는 박제가에게 그러다가 큰 화를 당할 수 있으니 삼가라는 말을 남겼고, 그 특유의 예의 없음에 견디다 못한 언젠가는 '무상무도'無狀無道라는 강도 높은 단어를 의도적으로 선택해 불편한 심정을 여과 없이 드러내기도 했다. 물론 그 뒤에도 박제가는 별반 달라지지 않았지만.

그러나 지금 박제가의 자송문을 읽는 남자는 그의 무도함이 오히려 고마웠다. 그 무도함이 있었기에 임금에게 보내는 자송문을 쓰면서도 자신의 견해를 당당하게 밝힐 수가 있었던 것이다. 남공철, 이상황, 김조순 등 임금의 사랑을 한 몸에 받던 이들은 차마 꺼내지도 못했던 내용이다. 예의바른 이덕무는 생각도 못했던 내용이다. 실제로는 패관소품을 좋아했으면서도 입이 없는 존재들처럼 그 가치에 대해서는 한마디도 하지 못했던 그들, 혹은 훌륭한 성품을 포기하지 못하는 그 성실함으로 인해 도리어 입을 다물어야 했던 이덕무에 비하면 박제가는 정말로 무도했다. 무도했기에 당당했고, 당당했기에 아름다웠다.

"무도한 사람 같으니!"

남자는 서안을 보며 중얼거렸다. 마치 유난히 키 작은 박제가가 두 발 쭉 뻗고 서안 위에 거만하게 앉아 있기라도 한 것처럼. 따지고 보면 무도한 것이 박제가의 죄는 아니었다. 세상은 그에게 더 무도하게 대했으니. 임금은 그에게 초목과 더불어 썩어 가는 자라는 말, 별종이라는 말을 아무렇지도 않게 내뱉었으니. 그 무례에 대항하기 위해서는 더 무도하게 대하는 것 말고는 방법이 없었으니. 이덕무가 귀가 세 개이기를 바라며 한평생을 살았다면, 박제가는 입이 세 개이기를 바라며 한평생을 살고 있었다. 비록 그 세 개의 입에서 나오는 말들은 누구의 귀에도 가 닿지 못하지만.

잠시 멈추었던 눈이 다시 내렸다. 눈 내리는 벌판을 보던 남자의 눈이 커졌다. 벌판에는 아이들의 함성이 가득했다. 알록달록한 옷을 입은 사람이 멀리서 오고 있었기 때문이다. 그 사람은 아이들을 지나 남자의 집으로 오고 있었다. 남자는 그 사람이 누구인지를 알아보았다. 그 사람은 열하에서 보았던 요술쟁이였다. 요술쟁이는 남자를 흘깃 본 뒤 자신을 둘러싸고 있는 아이들에게 눈길을 주었다. 요술쟁이는 한 덩어리의 흰 흙을 품 안에서 꺼내더니 그 흙을 땅에 뿌렸다. 흙은 커다란 동그라미 모양을 만들었다. 요술쟁이는 아이들을 동그라미 밖에 둘러앉게 했다. 아이들이 자리를 잡자 요술쟁이는 모자와 옷을 벗고는 품 안에서 시퍼렇게 날이 선 칼을 꺼냈다. 아이들의 탄성은 요술쟁이가 땅에 칼을 꽂음과 동시에 사라졌다.

요술쟁이는 칼을 뽑아서 왼쪽으로 휘두르고 오른쪽으로 돌리다가, 다시 오른쪽으로 휘두르고 왼쪽으로 돌리더니 하늘을 향해 한 번 던지고는 손바닥으로 받는다. 잠시 후 또 한 번 높이 던지고는 하늘을 향해 입을 벌린다. 칼끝이 곧바로 떨어져 입속으로 내리꽂힌다. 구경꾼들의 얼굴이 새파랗게 변한다. 놀라서 일제히 일어나지만 너무 놀란 탓에 찍소리도 없다. 요술쟁이는 얼굴을 위로 향하여 두 손을 늘어뜨리고 한참 동안 빳빳하게 서서는 눈도 깜빡하지 않고 눈 내리는 하늘을 똑바로 쳐다본다. 잠시 후 칼을 꿀꺽꿀꺽 삼킨다. 그 꼴이 병을 기울여 뭘 마시는 듯하고, 목과 배가 씰룩씰룩 서로 움직이는 것이 두꺼비가 성이 나서 배를 씰룩거리는 것 같다. 칼의 고리가 이빨에 걸려서 오직 가죽으로 된 줄만 안 넘어가고 있다. 요술쟁이는 네 발로 기어가듯 땅을 짚고서 칼자루로 땅을 다지는데, 이빨과 칼의 고리가 서로 부딪치며 '격격' 소리를 낸다. 또다시 일어나서 주먹으로 자루 끝을 치고, 한 손으로는 배를 문지르고 한 손으로는 칼자루를 쥐었는데, 뱃속에서 칼이 어지럽게 논다. 칼이 뱃가죽 사이에서 오가는 모습이 붓이 종이에 금을 긋듯 왔다 갔다 한다. 구경꾼들이 전율하며 차마 똑바로 쳐다보

지를 못한다. 어린아이들은 겁에 질려 울면서 등을 돌리고 달아나다 엎어지고 넘어진다.[10]

어린아이들이 사라진 공간에는 남자와 요술쟁이만 있을 뿐이다. 요술쟁이는 칼을 뽑아 두 손으로 받쳐 들고 남자에게 고개를 숙였다. 칼끝에서는 핏방울이 뚝뚝 돋고, 더운 김이 모락모락 났다. 요술쟁이는 이번에는 고개를 빳빳하게 세우고는 남자에게 이렇게 말했다. "요술의 기술이라는 것이 비록 천변만화의 기술이지만 겁낼 만한 것은 없습니다. 천하에서 정말 두려워할 요술은 간사한 사람이 충성스럽게 비치는 것이며, 아주 점잖은 척하지만 알고 보면 천하에 가장 고약한 사람인 향원鄕愿이 덕을 꾸미는 일일 것입니다."

남자는 웃으며 이렇게 대답했다. "한나라 때의 호광 같은 정승은 여섯 임금을 섬기며 중용을 가지고 요술을 부렸으며, 5대 시대에 풍도는 성씨가 다른 임금 여러 명을 섬기며 명철보신을 가지고 요술을 부렸다네. 웃음 속에 칼을 품고 있음은 오늘 본 요술보다 더 혹독한 것이지 않겠나?"

요술쟁이는 큰 소리로 웃더니 이렇게 말했다. "요술을 피하는 방법이 하나 있기는 있습니다."

"그게 무언가?"

"바로 장님이 되는 것입니다."

남자가 이렇게 대답했다. "일리가 있는 이야기일세. 40년 만에 눈을 뜬 장님이 길을 못 찾고 헤매자 '그럼 네 눈을 도로 감아라. 그 즉시 집을 찾아갈 수 있을 것이니'라고 충고했다던 화

담(서경덕) 선생의 고사도 있으니."

"그렇습니다. 선생은 역시 제대로 알아들으시는군요. 자 그
러니 차라리 두 눈을 감으십시오. 그 길이 선생의 몸을 보전하
는 길입니다."

요술쟁이는 꾸벅 인사를 하고는 돌아섰다. 돌아서자마자 사
라지는 것이 지극히 요술쟁이다웠다. 남자는 눈 내리는 벌판을
보며 생각에 잠겼다. 눈은 이제 본격적으로 퍼붓고 있었다. 지
금까지는 그저 몸을 푸는 정도였다는 듯 온 힘을 다해 퍼붓고
있었다. 마당에 있는 매화나무조차 보이지 않을 정도였다. 남
자는 전력을 다하는 눈을 보면서 요술쟁이의 말을 떠올렸다.
"차라리 두 눈을 감으십시오."

이 눈도 혹시 요술일까? 실은 맑은 날인데 요술에 현혹된
남자의 눈에만 눈으로 보이는 것일까? 그렇지 않고서는 이렇
게 눈이 많이 내릴 리가 없었다. 며칠을 내렸는데도 다시 퍼붓
다니, 남자의 상식으로는 받아들이기가 어려웠다. 남자는 눈을
보았다. 보고 또 보았다. 더 이상 보지 않아도 될 정도로 눈의
모습을 머릿속에 담은 남자는 방으로 들어갔다. 서안 앞에 앉
아 붓을 들었다. 일필휘지는 못 되어도 빠른 속도로 편지를 적
은 남자는 마침내 붓을 놓고 다시 눈을 보았다. 그런데 이게 웬
일인가? 갑자기 졸음이 몰려왔다. 갑자기라 했지만 실은 남자
는 이 졸음의 연원을 잘 알고 있었다. 며칠 동안 제대로 잠을
못잔 탓이었다. 아니다. 졸음의 연원은 생각보다 오래되었다.
남자는 『열하일기』를 펼쳐보았다. 거기에 예언처럼 졸음의 연
원이 기록되어 있었다.

내가 장차 나의 집으로 돌아가면 응당 일천 일 하고도 하루를 잠을 잘 것이다. 그리하여 송나라 은자 희이希夷 선생보다도 하루를 더 잘 것이며, 우렛소리처럼 코를 골아 천하의 영웅들이 모두 젓가락을 떨어뜨리게 만들 것이며, 미인들로 하여금 수레를 타고 달아나도록 만들 것이다. 그렇게 하지 않는다면 나는 차라리 저 구부정한 바위가 되리라."

그렇다. 남자는 저 구부정한 바위가 되지 않기 위해 잠을 자야 하는 것이다. 남자는 일천하루 동안 잠을 자기 위해 방으로 들어갔다. 문을 여는 순간 이상한 느낌을 받고는 잠시 발걸음을 멈추었다. 매화꽃을 본 듯해서였다. 아니다. 매화꽃은 아직 피어나지 않았다. 피어나기는커녕 내리 퍼붓는 눈에 존재 자체가 소멸될 지경이었다. 그러므로 남자는 헛것을 본 것이다. 그럼에도 남자의 눈에는 눈물이 맺혔다. 여태 참았는데 그깟 매화꽃 때문에 눈물이 맺혔다. 남자는 소맷부리로 눈물을 훔쳤다. 갓난아이처럼 엉엉 울고 싶었지만 그래서는 안 되리라. 갓난아이는 남자의 것이 아니라 원콩도와 이탁오의 것이니. 임금이 그에게 그렇게 말했으니. 남자는 울음을 꾹 참았다. 그러고는 다시 방으로 들어갔다. 미인과 영웅은 눈물이 많은 법이라는, 어울리지도 않는 흰소리 혹은 잠꼬대를 뱉으면서.

남자가 사라져도 눈은 그칠 줄을 몰랐다. 아무래도 작심한 것 같다. 눈은 천하의 구설口舌을 다 덮은 뒤에야 그칠 모양이었다. 막 잠이 든 남자의 귀에 목소리 하나가 찾아왔다. 그 굵은 목소리가 물었다. "남자가 본 것은 도대체 무엇이었는가?"

남자는 조선을 떠나 청나라로 향하던 배를 생각했다. 인심人心을 생각했다. 도심道心을 생각했다. 인심과 도심의 사이를 생각했다. 혹은 그 사이의 사이를 생각했다. 그러나 이내 다 잊어버렸다. 남자는 도무지 그 질문에 답할 수 없었다. 이미 그는 깊은 잠에 빠져 버렸으므로. 언제 다시 깨어날지 모르는 깊고 깊은 잠에 빠져 버렸으므로. 그 잠이 일천하루 동안 이어지지 않기만을 그저 바라고 또 바라야 할 뿐이므로. 혹은 일천하루 뒤에도 끊이지 않고 이어지기를 그저 바라고 또 바라야 할 뿐이므로.

미주

1장 벗에게서 온 편지

1 『연암집』 제2권 연상각선본 「남 직각에게 답함」 중 '부附 원서'
2~3 『열하일기』 도강록 「7월 1일 정축일」
4 『열하일기』 도강록 「7월 초5일 신사일」
5 『열하일기』 막북행정록 「가을 8월 초5일 신해일」
6 『열하일기』 도강록 「6월 24일 신미일」
7 『연암집』 제3권 공작관문고 「여름날 밤잔치의 기록」
8 『열하일기』 도강록 「7월 초8일 갑신일」
9 『열하일기』 산장잡기 「일야구도하기」
10 『열하일기』 환연도중록 「8월 20일 병인일」
11 『연암집』 제1권 연상각선본 「회우록서」
12 『열하일기』 황교문답 「황교문답서」
13 『열하일기』 관내정사 「8월 초4일 경술일」
14 『연암집』 제3권 공작관문고 「홍덕보에게 답함」

2장 편지가 오게 된 곡절

1 유득공, 『고운당필기』 제3권 「열하일기」
2 이덕무, 『청장관전서』 제12권 아정유고 제4권 「내각의 공연에서······ 도호부사 성사
   집의 북청 부임을 전별하다」
3 『열하일기』 「열하일기서」
4 『열하일기』 막북행정록 「가을 8월 초5일 신해일」
5~6 『조선왕조실록』 정조 16년(1792) 10월 19일
7 『조선왕조실록』 정조 16년 10월 24일
8~11 『조선왕조실록』 정조 16년 11월 6일
12~13 『홍재전서』 43권 「부교리 이동직이 이가환을 논척하는 상소에 대한 비답」
14 『조선왕조실록』 정조 16년 11월 8일
15 이덕무, 『청장관전서』 제24권 편서잡고 4 「병지 비왜론」
16 이서구, 『척재집』 권7 대책 「문체」

230

4장 벗에게 쓰는 편지

참고문헌

남공철 지음, 『금릉집』, 한국고전번역원 한국고전종합DB.
유득공 지음, 『고운당필기』, 한국고전번역원 한국고전종합DB.
이덕무 지음, 『청장관전서』, 한국고전번역원 한국고전종합DB.
이서구 지음, 『척재집』, 한국고전번역원 한국고전종합DB.

『조선왕조실록』, 한국고전번역원 고전번역총서, 1997~2003.
『홍재전서』, 한국고전번역원 고전번역총서, 1997~2003.

강명관 지음, 『공안파와 조선 후기 한문학』, 소명출판, 2007.
김명호 지음, 『열하일기 연구』, 창비, 1990.
김윤조 옮김, 『누가 알아주랴』, 태학사, 2005.
김하라, 『유만주의 '흠영' 연구』, 서울대학교 박사학위 논문, 2011.
김혈조 옮김, 『열하일기』, 돌베개, 2009.
박희병 옮김, 『나의 아버지 박지원』, 돌베개, 1998.
박희병 옮김, 『종북소선』, 돌베개, 2010.
신호열·김명호 옮김, 『연암집』, 돌베개, 2007.
심경호 역주, 『원중랑집』, 소명출판, 2005.
안대회 엮음, 『조선 후기 小品文의 실체』, 태학사, 2003.
정민 외 옮김, 『정유각집』, 돌베개, 2010.
홍승직 옮김, 『분서』, 홍익출판사, 1998.